明治あやかし夫婦の政略結婚

響 蒼華 Aoka Hibiki

アルファポリス文庫

https://www.alphapolis.co.jp/

序章　狐の婿《むこ》入り

眩《まばゆ》い燭《ともしび》に照らされた広間に集う人々が居住まいを正して座る中、場の上座には礼装の男女の姿がある。

厳《おごそ》かに謳《うた》われる高砂《たかさご》——夫婦愛や長寿、人生について祝うめでたい能の謡曲《ようきょく》——が場に響き渡り、二人は人々の眼差しを集めていた。

いわゆる祝言《しゅうげん》と呼ばれる席、つまり婚礼である。

黒の紋付で装った、美女と見紛う程に線の細い美貌を誇る花婿《むこ》。隣には金糸銀糸の刺繍《ししゅう》が見事な打掛を纏った、清楚なうつくしさを持つ花嫁。

主役の二人が実に美しい一対と人々は褒めそやし、ほう、と感嘆の息をもらす。

しかし、花嫁は人知れず嘆息する。控えめな微笑を崩さぬまま、心の裡《うち》で呻《うめ》いていた。

——どうしてこうなった、と。

ちらりと悟られないように横へ視線を向ける。

打掛に角隠し、と花嫁として装う自分の隣にいるのは、当然ながら花婿《むこ》だ。

夫となる男性の横顔からは何の感情も読み取れない。

少し色素の薄い髪と瞳に、名工の手による彫像を思わせる端整な面持ちで、人離れした美しい人である。

……いや、人ではない。そう『人』ではないのだ、人離れしていて当然である。

夫である男には狐の耳と三本の尾があるように奏子《かなこ》の目には映っていた。現実か、奏子『だけ』に見える幻か、それは分からない。

どうしてこうなった、と心にて再び呟く。

何故、自分は『あやかし』と結婚することになってしまったのかと――

第一章　理想の才媛《さいえん》

婚礼の日より、遡《さかのぼ》ること一か月と少し前。

硝子《がらす》窓から差し込む陽射しが麗らかな日の放課後、高貴なお方の命で設立された名家の令嬢が集う学び舎にて、少女達は一人を取り囲んでいた。

そよ風のように大人しく控えめな声音で、あくまで優雅に泳ぐ魚のような風情を崩さぬまま、輪の中心にいる少女に言葉を紡ぐ。

「奏子様、ご縁談が進んでいるというのは本当ですか……」

奏子と呼ばれた少女は、曖昧《あいまい》な微笑を浮かべつつも小さく頷く。

一際優れた容姿を持つ奏子に、少女達が向けるのは憧憬《どうけい》の眼差しだった。

黒絹《くろぎぬ》もかくやという癖のない流れる髪をいつも流行《はや》りの形に結い、黒玉の瞳には常に他者を慮《おもんぱか》る光がある。また、勉強や詩歌、お花やお琴などの嗜《たしな》みは抜きん出た才覚を持ち、並ぶ者はない。それでいて驕《おご》らず、誰に対しても丁寧で優しい子爵令嬢は社交の場において『理想の才媛《さいえん》』と呼ばれていた。

先年、文武両道の好青年で、自慢の跡取りと言われていた兄が事故で亡くなった。

奏子にとって頼もしく優しい兄、その死はあまりに唐突すぎてまだ実感がない。

残る子供は娘である奏子一人だが、女は爵位も家督も継げない。よって他家から婿《むこ》を取ることは避けられず、現在その相手選定の最中なのだ。

跡継ぎを失くした父はひどく落胆していたが、名家の主《あるじ》として弱いところを見せてはいられないと気丈に振舞い、奏子の婿《むこ》に相応《ふさわ》しい男性を探していた。

最近、上流階級の人々の間ではことあるごとに、奏子の婿《むこ》となる相手は誰かと噂になっているらしい。

だが、当の本人はというと。

(ああ、物凄く憂鬱《ゆううつ》……)

非常に苦々しく思いながら、心の中で盛大に嘆息している有様だった。

奏子は特段、結婚に夢を抱いていなかった。

相手の容姿や性格など正直どうでもよく、むしろ他所《よそ》に女を作って、自分のことは放っておいてほしいとまで思っている。

だからといって、男性に対して悪感情を抱いているというわけではない。

奏子にとって、殿方に愛されるよりも大事なことがあるというだけだ。

けれど巡る思考の一欠片すら滲《にじ》ませぬ完璧な笑みを浮かべ続ける。わざわざ目の前の少女達を幻滅させたくないし、余計な憶測を呼ばないためにもここは沈黙するのが賢いと考えたのだ。

せっかく共に学んでいるのに、と少女達が悲しげに呟くのを奏子は黙って見つめていた。

そんな奏子の耳に、無邪気な少女の言葉が届く。

「きっと物語のような素敵なご縁がございますわ」

「そう、最近流行《はや》りの槿花《きんか》先生の『あやかし戀草紙《こいぞうし》』のような恋が！」

とんだ不意打ちに思わず呻《うめ》きそうになったのを、鉄の自制心で止める。

奏子の動揺に全く気付かない令嬢の一人が発言者達を窘《たしな》める。

「あなた達！　そのようなお話はお止めなさい。……先だって学校を去られた方々のようになりたいの？」

「いえ……。そのようなわけでは……」

鋭い制止の声に、少女達の表情に陰りが生じる。

過去のものとするには些《いささ》か早すぎる時分に、相次ぐ不祥事があった。数名の少女達が続けて退学処分となったのだ。

詳細は伏せられているが、道ならぬ恋に身を焦がした挙句、女学校の生徒として相応《ふさわ》しくない振舞いに及んだらしい。刃傷沙汰《にんじょうざた》になったという噂まである。

学校を去った彼女達は、今では隠棲《いんせい》させられているとか。

女学校の立ち上げに関わったお方の名誉を汚すような、それも創設早々の醜聞《しゅうぶん》であるため、外に対しては厳重に秘されている。

だが、実際のところは、水面下で静かに広まっている。ふしだらなと少女達は眉を寄せながらも、未だに関心が高い話題なのだ。

その場に広まった不穏な気配に、表向きは禁忌《きんき》とされる話を口にしてしまったと気付いたのか、制止した少女は少しばかりばつ悪そうな表情で続けた。

「それに『あやかし戀草紙』のような浮ついたものを、奏子様が好まれるはずがないわ」

「そうですわね。ごめんなさい、奏子様」

「いえ、気になさらないで……」

『あやかし戀草紙』とは昨今流行の恋愛小説で、あやかしの麗しい青年と、人間の少女の恋物語の連作である。

不思議な郷《さと》にて、ある時は人の世にて織りなすあやかしと人との恋を切なく描いた話は、女が本を読むのすら顔を顰《しか》められるこの時代であっても多くの女性達の心を捉えている。まるで実際に見てきたようなあやかしの世界の描写が見事で、皆は密やかに、人によっては堂々と賛美していた。

表向きは浮ついたものと眉を顰《ひそ》めて見せるけれど、実際のところこの学校の令嬢達にも愛読者は多いらしい。

そんな女性の心を掴んで離さない作家、槿花の素性は何一つ明らかになっていない。

版元は作者の素性に関しては年齢を始め、些細な情報すら頑として口を割らないのだ。

分かっているのは、今まで世に出た様々な間柄――異性同士、同性同士、種族違い――の作品のように、広く美しい物語を綴《つづ》る作家であるということだけ。

素性を追う人間は多いけれど、全てが紗《しゃ》の向こうにある存在。それが槿花という作家だった。

上流階級の生活描写の緻密さから、『槿花』はそれなりの家柄の人間ではと噂されている。少ない情報による推測が、また作品の人気に拍車をかけるのである。

もちろん奏子も知っている。

そう、知っているのだ……。

押し黙ってしまった奏子は、奏子様？　と声をかけられ、心配そうに見つめる少女達に気付く。いつの間にか動揺が滲《にじ》んでしまったと悟り、咄嗟に何かを口にしようとしたその時。

「皆様、失礼いたします。少しだけ奏子様をお借りしてよろしいかしら？」

穏やかな声音が耳に届く。

「佳香《よしか》様！」

教室の戸口から皆に声をかけたのは、儚《はかな》いまでの可憐さを湛《たた》えた少女だった。落ち着いた物腰が他の令嬢達より年長の印象を与える。

佳香の登場に、奏子は密かに安堵する。少女達の疑問が再燃しないうちに、しかし優雅さは失わずに、ごきげんようと残して奏子はその場を後にした。

中庭へ足を運び、少し奥まった人気《ひとけ》のない場所に向かう。周りに人がいないことを確かめ、奏子は青々と茂る芝生へ脱力するように腰を下ろした。

その所作は良家の令嬢としては些《いささ》か行儀が悪いが、佳香は気にしない。彼女も同様に芝生へ座る。

「ありがとう、佳香……。助かったわ」

「あんなところで動揺するなんて、奏子も迂闊《うかつ》ね」

佳香の前で『奏子様』は姿を潜める。それは『佳香様』も同じだ。

昨年この学校に入学してすぐ彼女と出会い、友となった。

息のつまる入学式を終えて、人気《ひとけ》がないここで気を抜いていたところに出会ったのが始まりだった。

思わず出ていた『素』を見られて動揺する奏子に、佳香は飾らぬ態度で言ったのだ

「お互い気苦労が多そうね」と。

一呼吸置いて噴き出して、それ以来続く仲である。

打ち解けて話すうちに、もう一つ共通の『趣味』があると分かったのもあって、今では一番の親友と言える仲になった。

緊張が一気にほぐれ、猫のように伸びをしていると、佳香に問いかけられる。

「そういえば、今日はお招きを受けているの？」

「いえ、今日は。でも明日はお邪魔する予定よ」

内容を省いた短い問いかけであるが、それだけで二人には十分である。何を問われたのかをすぐに悟り、奏子は首を緩く振って応えた。

それを聞いた佳香は、羨望《せんぼう》の色が滲《にじ》む溜息を零しながら言う。

「流石《さすが》、子爵様のお家ね」

「やめてよ、そう呼ばれるようになって何年も経ってないのに。落ち着かないのよ」

実際に奏子の家がそう呼ばれるようになってそう経過しているわけではない。記憶の中では違う呼称の方がまだ長い。時折、子爵令嬢と呼ばれても自分だと気付かないことすらある。知られないように対応できてはいるが。

慣れない、と言いたげな奏子に佳香は苦笑して口を開く。

「元も由緒正しい大名家じゃない」

「確かにそうだけど……。お祖父様達が上手《うま》く立ち回った結果というか……」

元は僻地《へきち》の外様《とざま》だったものの、奏子の祖父は実に如才《じょさい》ない人物だったようで、そつなく立ち回り、上手《うま》く息子につなげてから亡くなった。

それを受け継いだ息子もあれこれと根回しした結果、奏子の家である眞宮《まみや》家は子爵位を頂いていた。父はなかなか時流を読むことに長《た》けているようで、おかげで奏子は何不自由ない生活を送っている。

思索に耽《ふけ》る奏子を見つめながら、佳香は溜息交じりの言葉を零す。

「羨ましいわ、私もできれば行ってみたいけれど、うちは……」

佳香と奏子の家柄にさして差はなく、佳香の家もまた由緒正しい名家である。けれども、彼女が口籠った理由を知っている奏子は何と返していいか戸惑う。

そんな時、朗らかな少女達の声が二人の耳に届いた。

「奏子様と佳香様は本当に素敵なお二人よね」

「いつ見ても魅力的なお二人だわ……」

声がした方へ奏子達は視線を向ける。

そこにいたのは同級生の少女達である。頬を微《かす》かに染めながら羨む声音で二人について語っていた。

位置的にこちらが見えていないのは分かっているのだが、奏子と佳香は思わずさらに身を縮めてしまう。

少女達はあれこれと二人を讃えていたものの、ふと声を潜める。

「でも、佳香様のお家の話……聞きまして？」

「ええ、事業が……。それで急いで縁談を纏めようとなさったとか……」

羨望《せんぼう》は、暗いものを孕《はら》み容易《たやす》く反転する。求めても自分には得られないと分かれば、相手を貶《おとし》めようとするのはよくあることである。

少女達の声には愉悦のような負の感情が無意識に滲《にじ》む。人目をはばかる話題だと理解しているようだが、その口元は笑いの形に歪《ゆが》んでいる。

「それも、成り上がりの商人と……」

「お金で買われていくようですわね……」

どう聞いても、悪口と嘲笑以外に受け取れない。これを称賛と感じられる人がいたらお目にかかりたいものだ。平素の彼女らの言葉の下に何が隠れているのかとてもよく分かる。

友を侮辱され黙っていられずに飛び出しかけた奏子の肩を、佳香が押さえる。

「いいのよ、放っておいて。……事実ですもの」

佳香の父親が事業に失敗したことは、周知の事実であった。

借財のために屋敷が人手に渡りかけたところに、援助の手を差し伸べようとする者がいた。

当然、無償ではない。

近年、財を成した壮年の男は、妻として佳香を求めたのだ。富を得た男が次に名を望むのはよくある話であり、そのための手段として縁談が使われる。

父親が承諾してしまえば、娘である佳香に拒む権利などない。

奏子はどうにか友を助けられないか模索したけれど、年若く、また女であるが故に手立てなどなく、佳香の縁組は定まってしまった。

仕方ない、家族が助かったのだから良かったのと佳香は悲しく微笑む。そして、奏子には幸せなご縁がありますようにと願ってくれた。

その彼女を貶《おとし》めることは断じて許せないと言いかけた奏子だったが、ふと動きを止める。

「人様のお家事情をあげつらうなんて、良家の令嬢としては頂けないわ」

「ミ、ミス・メイ!」

かけられた柔らかな声に驚く少女達。

噂に興じていた令嬢達の近くに、いつの間にか異国の麗人の姿がある。

政府に招聘《しょうへい》されたいわゆる『お雇い外国人』の一人で、英語を教えているミス・メイである。

陽光を弾いて輝く金色の髪に、蒼穹《そうきゅう》を映す瞳という女神のように美しく優雅な姿。

そして、誰に対しても優しく、学生達に姉のように慕われている女性だ。

憧れの麗人にやんわりと諭された少女達は、何やら言い訳を並べていたものの、最終的には「ごきげんよう」と残して去っていく。

少女達の姿が見えなくなって一呼吸した後、女性は誰に言うでもなく呟いた。

「もう出てきて良いわよ、ヨシカ、カナコ」

「ありがとうございます、ミス・メイ」

経緯はともかく、良家の子女としては褒められた行いではない盗み聞きしたことをうしろめたく思い、やや躊躇《ちゅうちょ》した後に佳香が姿を現わす。

「ありがとうございます……」

怒りに飛び出しかけた勢いを削がれ、持て余した憤《いきどお》りにやりきれない気持ちを抱えた奏子がそれに続く。

奏子の表情が芳《かんば》しくない理由はもう一つある。

奏子は実はこの女性が苦手なのだ。

彼女は奏子が入学してから今に至るまで折に触れて優しく気遣ってくれる。

けれども、何故かこの人を前にすると腰が引けてしまうのだ。彼女が美しすぎるからら？　人はあまりにも美しいものに畏れを抱くというが……

風にのって梔子《くちなし》の香りを感じる。ミス・メイの香水だろうか。

「ヨシカ……つらいでしょうけれど、気を落とさないで」

「ええ……」

「カナコもね」

「はい……ミス・メイ……」

奏子の表情の曇りを、親友への侮辱に対する憤《いきどお》りと見たのだろう。

メイは二人を覗き込んで言葉をかける。その声音は鈴を転がすように美しく、労わりの響きがあった。

心配してくれているのだろう、しかし……

どうにも落ち着かないけれど、取り繕えたようだ。

気にする様子もなくメイは二人に微笑みかける。そして多くを語らず、語らせずに風のように去っていく。

助けられたし、佳香は憧憬《どうけい》の眼差しでそれを見送っていた。友が侮蔑《ぶべつ》されるのを止められたのは嬉しいけれど、何故か釈然としない思いが残る。

黙りこんでしまった奏子を不思議そうに眺める佳香が、何かを口にしようとした。けれども、その前に奏子は笑みと共に顔を上げる。

お互い迎えを待たせていることを思い出して二人は眼差しを交わした後、他愛ない話に花を咲かせながら歩き始めたのだった。

迎えにきていた女中のシノと共に家路に就く。

今日はどのようなことがありましたか、と笑顔で問うシノは、地味に装っているものの整った顔立ちである。

帝都に戻ってきてすぐ、シノは奏子付の女中として雇われた。付き合いの長さも手伝って、二人きりの時にはかなり打ち解けて話している。

気遣いがあり優しいシノは、奏子にとっては姉のような、屋敷で最も信頼する相手である。それに、ある理由からその存在は欠かせない。

しかしながら奏子の父は些《いささ》か過保護なところがあり、外出とて女中がついていてもなかなかいい顔をしない。

できる外出といえば学校とお稽古事だけで、それ以外は父の同伴がなければできない。爵位を頂いたからだろうかと思ったけれど、どうやらそれだけではないような気がしている。

父はこの時代の地位ある男としては珍しい人で、妻が娘を産んで命を落とした後、再婚もしなければ妾を囲うこともなかった。

家同士の取り決めによる婚姻だったが、妻を深く愛していたのだ。夫婦仲は極めて良好で跡継ぎである男子を授かり、次いで女子を授かった。

幸せだったのだろう、けれどその情の深さが娘への想いを歪《ゆが》ませる。

娘を産むのと引き換えに妻がこの世を去ってしまった後、我が子の顔を見るのも辛いと言って、乳母《うば》に奏子を預けて田舎に追いやったらしい。今の過保護な父の姿からは想像もつかないが、複数の家人から聞いており事実である。

七つの頃だっただろうか。帝都から随分離れた土地にある眞宮の別宅から慌ただしく家に呼び戻されたが、それまでずっとこの屋敷の外で育ったのだった。

令嬢として箱の中で躾《しつ》けられた期間より伸び伸びしていた時間の方が長かったためか、素の自分はあまり令嬢らしからぬところがある。

しかし同時に、そのままの自分は望まれないと知っていた。

だからこそ念入りに丁重に、奏子は人々の描く理想の令嬢であり続ける。

それは名家に生まれた者の責任であり、義務のようなものと諦めているが、息苦しい。通学がささやかな息抜きとなっている状態だった。

けれども、これもそう長くはあるまいと奏子は心の中で呟く。

奏子が先であろうと、佳香が先であろうと、そう遠くないうちに自分達は学び舎から去る。家のために結婚する、それが名家に生まれた娘の宿命なのだから。

――そのために捨てなければならないものがあるとしても。

仄《ほの》かに白い月が闇にぼんやりと輝く夜。

もう寝るからと奏子は女中達を下がらせ、自室に向かった。そして、文机《ふづくえ》の前に座り、灯りに照らされた冊子を無言のうちに見つめる。

一つ息をつくと、おもむろに筆を執《と》り、誰に告げるでもなく口を開く。

「さて、書くか」

麗《うら》らかな微笑も嫋《たお》やかな雰囲気も優雅な物腰もそこにはない。

目を輝かせて冊子に向かい、筆を走らせる奏子の瞳は意気揚々と輝いている。目の中に焔《ほむら》や星が見えそうな勢いだ。

燃え滾《たぎ》る創作への意欲を余すことなく表せる、奏子にとって一日の中で一番自分らしくあれる時間だ。

流行《はや》りの小説を浮ついたものだと眉を顰《ひそ》めて見せた少女達の姿を思い浮かべる。令嬢達を裏切って悪いけれど、奏子はその『浮ついたもの』を好む。

――何故なら、奏子こそが物語の書き手である『槿花』であるからだ。

皆が憧れる『理想の才媛《さいえん》』は申し訳ないが作り物。

好むところを好むままに書き、奏子は自分の物語を愛していた。物語を紡ぐことに情熱を燃やし、想像の滾《たぎ》るままに筆を運ぶことに心血を注ぐ。

その姿こそが奏子の『素』なのだ。我ながら猫被りが上手《うま》くなったものだと感心する時がある。

物語を書くのが好きだった奏子は、一度だけ作家になりたいと言ってみた。

しかし女流作家に対して、いや働く女性に対してまだ世間の目は白い。まともに取り合ってもらえず、女が知恵を付けたら碌《ろく》なことがないとひどく憤《いきどお》る父と兄に平身低頭して許してもらった。

以来、そんなことは忘れたように澄ました表情で、ひたすら密かに書く日々が続いている。

密やかに綴《つづ》っていた物語が、世に出ることになったのはある日の小さな事故がきっかけであった。

奏子の部屋の掃除をしていた女中のシノが、棚に隠していた冊子を落としてしまい、それを知ってしまったのだ。

情熱の赴くままに綴《つづ》った中身を知られて蒼くなった奏子は、兎《と》にも角《かく》にも口止めをせねばと思った。しかし。

『す、素晴らしいです！　お嬢様！』

感激した様子のシノは冊子を抱きしめながら叫んだのだ。

是非この話を本にしたいと言い出した女中に、奏子は唖然茫然、返す言葉が見つからない。何故どうしてそうなるの、と心の中で繰り返すばかりだった。

シノの兄は小さな出版社を立ち上げたらしい。名作と成り得る作品を探していたらしく、この小説を出版してみては、と。

本来であれば、何としても止めるべきだったろう。だが、心の中に小さな焔《ほむら》があった故に、その申し出を拒絶できなかった。日の目を見ずに消えるはずだった物語を形にしてみたい、という必死で抑えていた願いを止められなかった。

悩みに悩んだ末、シノに冊子を託したのだ。

最初は限られた人々に出回った本は、いつしか人から人へ漣《さざなみ》のように広まっていった。漣《さざなみ》は波へ、そしてそのうねりは大波へ転じていき、気が付けば帝都の少女達で知らぬ者はいないとまで言われる状態になった。

出版元であるシノの兄のところには連日作者の素性を問う声があるらしいが、必死で漏洩を防いでくれているらしい。

今のところ謎の作者の正体を知っているのはシノと彼女の兄、そして最初の読者であり友である佳香の三人だけである。

親友の佳香もまた同じ趣味を持ち、その環境故に人に明かさずに書き続けた。出会って左程経たずに仲良くなれたのもそれが理由だ。同じ境遇で同じことを好んでいた佳香と奏子の仲は、他者が入り込めるものではなかった。

佳香は儚《はかな》く美しい物語を紡ぎ、奏子は彼女の切ない筆致の愛読者だった。

だが、彼女の作品の読者は奏子だけである。

奏子の脳裏に昔日《せきじつ》の佳香との語らいが蘇《よみがえ》る。あれは、槿花として筆を執《と》ってから間もない頃だった。

いつものように二人は互いの作品を読み合っていた。これなら評判になること間違いなしと笑ってくれる佳香に、奏子は安堵したように微笑んだのを覚えている。

そして、佳香も一度シノの兄に作品を読んでもらっては、と勧めた。けれども、私の読者は奏子だけでいい、とやんわり断られた。

残念に思うのを隠せない奏子を見て、佳香は儚《はかな》く苦笑した。

『私はね、怖いの』

『小説を書いていると知られるのが？』

奏子が首を傾げて問うと、佳香は一つ息を吐いた後答えた。

『そうね、それも怖い。でも怖いのは自分を知ってしまうこと』

戸惑いの光が奏子の眼差しに宿る。

佳香は悲しい微笑みを浮かべて続けた。

『今なら想像の中だけでも、女流作家になれるという「もしも」の夢を見ていられる。でも、人目に触れ、自分の力がどの程度なのかを知ってしまったら』

自分の世界ならば、自分の綴《つづ》る物語は何よりも素晴らしいものと、才があるのだと思える。

でもそれは自分の中だけで。

他者の目に触れた時、己が望む通りであるとは限らない。他に触れれば、自分の立ち位置を認識する。

『現実を知ったら、もう夢を見られなくなってしまう』

進めば引き返せない。止めれば良かったと、初めに戻ってやり直すことはできない。破れてしまった夢は元通りにはならず、それ以上の夢は見られない。

佳香は透き通るような笑みを浮かべながら、悲しみを湛《たた》えて儚《はかな》い願いを口にした。

『夢を見ているうちに終わる方が、幸せとすら思うの』

歩き出せない自分はとても臆病だと思うけれど、と佳香は言って会話を締めくくった。奏子は佳香にかける言葉が見つからず、口を閉じて俯くしかなかった。

奏子とて、露見したらどうすると常に恐れてはいる。

名家の令嬢が巷《ちまた》で話題の小説の作者だと知られれば、醜聞《しゅうぶん》好きな新聞記者がこぞって書き立てるだろう。本が世に出たのを喜んでくれた佳香も、正体は決して明かしてはならないと顔を曇らせて言っていた。

奏子が槿花であると知られれば、眞宮子爵家の名に泥を塗ることになる。

けれど、まだ進みたいと願う己もいる。身の裡に息づく物語を綴《つづ》りたいという想いと、気が付けば目につく事象から物語を生み出す想像力は止められない。

滾《たぎ》る内面を抑えて、清楚で理知的に、優雅に穏やかにそして嫋《たお》やかな風情で微笑むのも、もう慣れた。

物語の主人公を、皆が望む理想の令嬢の役柄を演じていると思えば良い。登場人物の内面の掘り下げや役作りに勤《いそ》しんでいると思えば、さして苦にも思わない。

学業は嫁入り道具程度にしか思っていない令嬢達が多い中、奏子は勉学にも貪欲だった。より多くを学び、己の世界を広げて創作に活かしたい。

知識は武器になると教えてくれた人がいた気がする。あれは誰だったろう……お人形のような覇気《はき》のない少女達に囲まれた退屈な学校生活さえも、上流階級の少女達の学び舎生活の取材と思えば楽しく思える。

特殊な世界で織りなされる女生徒同士の絆など、とてもうつくしく美味しい。噂を一つ聞きつければ、そこから小話を五つは生み出す自信がある。

あやかしのお姉様と人間の令嬢の話も出したが、地味に好評だった。

そう、生活の一つ一つが良いお題なのだ。作りあげた鉄壁の『理想の才媛《さいえん》』のもと、湧き上がる情熱は燃えに燃える。

ただ、少女達が刃傷沙汰《にんじょうざた》にまで及んだという例の出来事については流石《さすが》にお題にする気にはなれなかった。

衝撃的で注目されるに違いない。だが、強く燃え上がった想い故に少女達が傷つき悲劇に終わった恋の結末を聞いたからこそ、奏子の紡ぐ少女達の恋は、儚《はかな》く美しい範囲に留められている。

なお、奏子は女性同士だけではなく、殿方同士の只ならぬ仲も燃えるところであった。美しい殿方が並ぶ様子を見れば、脳内で物語が生まれている。

ただ、男子校や男性の世界については直接見聞きすることが叶わない。伝聞による情報を元に想像の翼を広げるしかない。背景の詳細さには欠けるが、それ故に捗《はかど》る妄想……いや、想像というものもあるとは思う。

異性同性、年の差、悲劇に喜劇と綴《つづ》ってはみたものの、やはり一番好むところは種族違いの男女の恋物語である。

何故かは分からないものの、一番心が惹きつけられる。気が付けばそのお題で筆を執《と》っていて、実際に読者の評判も良い。

育った土地が様々な伝承の残る場所だったからかもしれない。

様々な物語を聞かせてくれたり、言い伝えの場所に連れていってくれたり。不思議な絵草紙を見せてくれたような気がするが、あれは乳母《うば》だったのだろうか。あの土地で暮らしていた頃の記憶は、曖昧《あいまい》すぎて思い出せない。

家に呼び戻されてから、不思議な夢を見ることがよくあった。それはいつかあった出来事のようであり、これから起こる出来事のようでもある。

不思議な郷《さと》に住まうひと達の物語。

そしてその夢を見た翌日には、筆を取って新たな物語を紡ぎ始める。内容を書き起こすかのように、誰かに背を押されるように。

暫く思案していたものの、奏子は気を取り直してすぐに筆運びを再開する。夜はこうしているうちにも更《ふ》けていく。

遅くならないうちに今日の分を綴《つづ》ってしまわねば。

奏子の部屋の灯りは、その後も暫く灯ったままだった。

第二章　めくるめく夢のような

次の日の夜、奏子の姿はとある夜会にあった。

豪奢《ごうしゃ》な西洋建築の館では、欧化を進める政府の意向により夜毎宴《よごと》が開かれる。退廃的で不道徳などと称されることのある場所に、年若い乙女を行かせるなどもっての外と言う家は少なくない。現《うつつ》に今宵この場にいる名家の令嬢は数える程だ。

巴里《パリ》で流行しているという、繊細なレエスが美しい若草色のバッスルドレスを奏子は窮屈に思うが、この時ばかりは欧化を積極的に受け入れる父に感謝した。過保護な癖に掌中の珠である娘の自慢はしたい父のお供でなければ、このような場所に足を踏み入れられない。

奏子は諸手を挙げて新しき世に賛成というわけではない。そう思うには、あまりに目まぐるしすぎる。

政権は幕府より帝に戻り、諸藩は消え、政《まつりごと》の中枢は東京へ。

新しい時代を迎え、数多《あまた》の変化は良きことも悪きことも等しく生み出している。

急速な欧化は国粋《こくすい》主義者の批判の的《まと》となり、この夜会も建物もその対象であると言う。特権を奪われた士族が不満を募らせ乱を起こしたのは記憶に新しいし、性急な制度の変化についていけない人々の声は時折大きな爆発となる。

四民は平等と謳《うた》っても階級意識や差別は根強く残り、それは都から遠ざかれば遠ざかる程に顕著で、新しき世の光も恩恵も未だ地方には届いていない。

世が変わっていくのは時代の節目に生きる者として楽しみであり、その一方で恐ろしくもある。何が正しいのかを考える間もなく、大きく進んでいく世に飲み込まれていくようで。

しかし、この空間はそんなことを微塵も感じさせないくらい眩《まばゆ》かった。闇をも飲み込んで輝くこの場所で、笑いさざめく人々の表情には何の陰りもない。

様々な思惑が行き交う社交場にて開かれるダンスパーティ。

踊る紳士淑女、囁かれる噂、煌《きら》びやかな灯りに照らされる大広間。密やかに行われる政治の駆け引き、危険な火遊び、それらを覆い隠して笑う人々……

(あの光景もあの会話も、あの衣裳も、全部全部記録したい……!)

どれもこれも物語の恰好のお題と成り得る。できるなら片っ端から帳面に記録していきたいけれど、ここでそのようなことをしたら不審どころではない。涙を呑んで脳裏に刻めるだけ刻んで、帰ってから全て書き出すのがこのところの日課となっていた。

けれど記録しても言葉を尽くしても、表しきれないものがある。それに出会いたくて、度々夜会に参加させてもらっていた。

ふと視界を零れるような光が過った気がして、そちらを見れば。

（今日も、いらした！）

奏子の眼差しの先には、最近着目している一対の男女の姿がある。

西洋式の宴には男性は女性を同伴するもので、男女が共にいるのは不思議ではない。

特筆すべきは、その二人が尋常ではなく美しいという点だ。

二人とも異国を思わせる色素の薄い淡い髪と瞳を持つ。それが幻想的で、儚《はかな》げな雰囲気を醸し出していた。

薄紫色のドレスの女性は絵物語の天女を思わせるような浮世離れしたうつくしさで、黒の燕尾服の男性は絵物語の貴公子然とした美しさ。

目元や口元に似通ったところがあり、二人は兄妹ではないかと囁かれているけれど、実際どうなのかは誰も知らない。問いかける勇気がある者は少なく、実際に尋ねた者もはっきりとした答えは得られなかった。

物腰や身支度から、かなりの家柄の出であろうというのを察するだけ。

二人は兄妹なのか、それとも違う血縁なのか、ただ似通っているだけの他人なのか。

親しい様は恋人同士にも夫婦にも見えて、想像をかき立てられることこの上ない。

初めてこの男女を目にして家に帰った後、浮かんだ妄想を書き出すのに夜を徹してしまった。

創作意欲がこれでもかと刺激される二人の登場に、奏子は思わず両手を握りしめる。

音楽が始まり人々が踊りだす中、注目を集める二人はごく自然に相手の手を取りステップを踏みはじめる。

蝶のように軽やかに、それでいて優雅に。淀みのない足の運び、指先に至るまで神経が巡らされた流麗な動きは奏子だけではなく、その場にいる人々を夢見心地にさせる程に見事である。

夜会の中では年少かつ父同伴である奏子にダンスの誘いの声は少なく、当たり障りなく断りながら、視線は踊る二人に釘付けになっていた。

ああ、悔しいと奏子は心の裡《うち》で歯ぎしりする。あの二人の美しさと素晴らしさを表しきれない己の文章力が悔しくて、握る拳に力が籠る。

そんな思いを抱きながらなおも見つめると、ふと、男性と視線が合った。

気のせいかと思ったが、確かに男性はこちらに視線を向けていた。

またた、と奏子は心の中で呟いた。

時折、あの男性と視線が合うことがある。こちらを見つめる瞳の奥に、ほんの僅か……ほんの一瞬だけ懐かしい何かを感じると共に、胸に小さな熱が灯る。

それが何なのか、分かるけれど分からない。

そんなことを考えていた時だった。

「よろしいかしら？」

ハッと我に返ると、そこにはあの二人の姿が。

声をかけてきたのは、うつくしい女性の方。密かに『天女の君』と呼んでいる。その柔らかな声は耳に心地良いが、次の瞬間、不躾に見つめていたのが気付かれたのかと蒼褪《あおざ》めた。

女性は優しい微笑を浮かべ、傍らの連れを視線で示して続けた。

「もしご都合が悪くなければ。……踊ってあげてくださらない？」

「……望《のぞみ》」

男性の言葉に、この女性は望様というお名前なのね、とのんびり思ったのも束の間、奏子は彫像のように凍り付く。

今何と言われたのだと、問いが脳内を疾風《しっぷう》のように巡る。

踊ってやってくれないかと、天女の君が、奏子に。お連れの貴公子様と……？

叫ばなかった自分を褒めてやりたいと、奏子は思った。淡い微笑を絶やさないまでも脳内は停止寸前である。気の利いた言葉を返すこともできない。そもそも言の葉が紡げない。

そんな奏子を女性は楽しそうに、男性はやや哀れみを込めて見つめている。

「朔《さく》、これだけの人が見ている中で令嬢に恥をかかせるつもり？」

その言葉を聞いて、人々の視線が集まっていると気が付く。それなりに人の輪の中にあるし、注目されることに慣れてはいるものの、ここまで注視されていると些《いささ》か辛い。

「誰のせいだ……」

男性が返す声音は呻《うめ》くようなものだった。

ああ、この男性は朔様と……と思う奏子へ差し出される手。

踊って頂けないか、という囁きが耳に届き、ようやく自分がダンスに誘われていると気付く。

躊躇《ためら》いは一瞬だった。

手袋に包まれた手のひらをそっと重ねて、導かれるままに広間の中央へ進む。

頬が熱を持っていると知られてしまっているだろうか、もしかしたら紅に染まっているかもしれない。触れた手が熱い。

緊張しているのだと、奏子は言い聞かせるように裡に呟く。高鳴る胸の鼓動にまさか、と思いもするがそんなはずがない。これは、予想外の展開に驚いてしまっているだけ。

手を取られ身体の動きをゆだねて足を運び、離れてくるりと裾を翻《ひるがえ》しながら優雅に回り、また手を取って。

これは夢か現《うつつ》か。様々な夢想をするあまり、区別がつかなくなったのだろうか。自分は憧れを抱いていた人と今こうして踊っている。

周囲のざわめきも音楽も、もう耳には届かない。早鐘のようだった鼓動は今は緩やかになった。

朔という名の男性の瞳の中に、奏子は自分の姿を見る。胸が締め付けられるような思いが湧き上がる。

何かを忘れている気がする、とても大切なことを。それが思い出せない、つらくて、せつない。

あなたは、誰――？

導かれ淀みなく踊りながら、奏子は自分に問い続ける。

永遠にも思える時間、されど二人が踊っていたのは僅かな時間だった。

微《かす》かに未練を感じながら、触れていた手が離れる。

奏子へ礼を述べた朔は元のように望に寄り添い、連れ立って広間から姿を消した。

ざわめきを取り戻した人々の中、未だ不思議な感覚の中にあった奏子は二人の背を言葉なく見つめていた。

暫くして。

一体何がどうしたと驚く父を説き伏せて、奏子は控えの間に下がっていた。心が、考えが、先程あった出来事に追いついてくれない。少しでも落ち着きたくて、一人になれる場所を探して広間を後にした。

憧れのお二人、天女の君にお声をかけて頂き、貴公子様に踊って頂いた。何度頬をつねっても痛みは感じた。夢ではない、今、奏子は現実にいる。けれどもあまりに夢のような出来事だった。

ときめいて妄想する余地すら残っていない。胸が一杯とは、まさにこの状態を指すのだろう。

ああ本当に夢みたい。

語彙が死んでしまったのだろうか。

書き手としてどうかと思うが、裡に同じ言葉しか湧いてこない。同じ言葉が胸を埋めつくしていく。

奏子は視線を自分の手に下ろして、また一つ息をつく。

あの方の手の感触が残っている。温かさが、胸に灯した熱が蘇《よみがえ》ってくる。数多《あまた》の感情が綯《な》い交《ま》ぜになり、落ち着いて考えられない。落ち着けと自分に言い聞かせても効果はなかった。

その時、遠くに複数の女性の声がした。控えの間へ足を運ぼうとしている靴音を聞き、奏子は逃げ出すように外へ出る。

ご婦人方に奏子の居場所を知られたら、この後の展開は分かる。考えの整理が追い付かない今、質問攻めは御免だ。

奥まった方へ行く通路があったので、そちらに身を潜めようとした時、何かの物音がした。気のせいかと思ったが、くぐもった人の声のようなものも聞こえてくる。

一体何があったのかと覗き込むと、貴公子様と天女の君——朔と望——がそこにいた。

けれど、一人増えていた。朔は何やら男を取り押さえており、望はそれを見下ろして何か思案している様子である。

押さえられている男は意識がなく、風体《ふうてい》からして夜会の招待客ではなかった。欧化を快く思わない国粋《こくすい》主義者は過激な行動に出る者もいるというから、まさか……と呟く。

けれども、それすら今はどうでもよかった。いや、どうでもよくないのだが、それでも。

奏子は己の目を疑ってしまう。目を瞬いて、擦って、閉じて、そしてまた開けて目の前の光景を凝視する。

何も変わっていない。奏子の瞳に映るのは、先程と同じ驚愕の場面である。

「狐の耳と、尻尾……？」

声が震えるのは致し方ない。

見えるのだ、おおよそ人にはありえないものが、この二人に。

「あら、ちょっとうっかりしていたわ。あなたには見えてしまったのね」

望が微笑む。

元より色素が薄かった髪と瞳は、光に透かせば銀にも見えそうな淡い金色の髪と満月のような色の瞳に。そして狐の耳と、一、二、三、四……四本のふさふさとした尻尾。

不審な輩《やから》を取り押さえながら嘆息する男性は同じ色の髪色と瞳の色と耳、ただしこちらは尾が三本。

触ったらもふもふと心地良さそうと現実逃避する。

奏子は目を見張ったまま片手で頬をつねった。

「痛い……」

白い陶器のような頬が赤みを帯びる。

現実だ、これは紛れもなく現実だ。目の前の出来事も、奏子の憧れだった二人に狐の耳と尻尾があることも全て。

それが示している事実は。

「人間じゃない……？」

「これでも千年を生きている天狐《てんこ》なの」

「自ら明かしてどうする……」

悲鳴を上げるのを避けたのは、令嬢としての最後の自制心であろうか。

天狐とは、確か千年の歳月を生き強大な力と神格を得た、狐のあやかしの最高位……のはずだ。

何故か、奏子はそれを知っている。過去に本で読んだのだろうか。

その天狐が正体をさらした上に、あっけらかんと説明までしてのけた。

にこやかに笑っている人ならざる女性に、同じく人ではない男性が苦く呟く。

その低い声音で目の前の出来事が事実だと認識させられて、奏子は呻《うめ》くように言葉を絞り出す。

「あ、あやかし……何で……」

「まあ、話を聞いて？　眞宮子爵のお嬢様？」

身元を知られている！　と奏子は蒼褪《あおざ》めた。父と共にいたのだから仕方ないけれど、恐れはなお一層深まる。

震えながら後退りする奏子を見て、望は苦笑いしながら再び口を開いた。

「落ち着いて頂戴、ねえ槿花先生？」

「はい……？」

何を言われたのかが最初は理解できなかった。

だが、遅れて認識したら震えが止まった。いや、震えどころか全ての動き、思考が停止した。

このうつくしい狐の女性は何と言ったのか。思いがけない名前が出てきた気がするが、気のせいだろうか。

必死に隠していた事実を、このうつくしい女性はいとも簡単に口にしなかったか？

望は彫像のように凍り付いてしまった奏子の手を両手で握り、上機嫌に叫ぶ。

「私、あなたの小説が大好きなのよ！」

（あやかしって、小説を読むの⁉）

思わず言いかけ、かろうじて心の裡《うち》に留めた。

人とは違う理《ことわり》で生きているものであろうと、知恵を有した永い時を生きる存在であれば書物を嗜《たしな》みもしよう。ただ、それが自分の書いた小説というのは驚きであるが。

すっかりご機嫌な狐の女性は頬を染め、うっとりとした表情を浮かべながら続ける。

「恋愛小説が大好きでね、色々集めているし読んでいるのよ。種族違いの恋も素敵だし、凛々しい殿方同士やうつくしい女性同士の恋も素敵ね」

普通の男女の恋愛だけではなく、異種族の恋愛も、男色《なんしょく》も女色《にょしょく》もいけるとはかなり間口の広い方だわ、と奏子は内なる独り言を呟く。この方とは仲良くなれるかもしれない、とまで思った。

満面の笑みを浮かべる望は奏子を見つめながら、感嘆の息をつく。

「色々見せてあげた甲斐があったわ。こんなに素敵なお話を書けるようになるなんて。新しい連作の続き、楽しみにしているのよ！」

色々見せてあげた、とはこれはいかに。

曖昧《あいまい》に微笑みつつ相槌を打っていた奏子は、その感慨深げな言葉に首を傾け、再び固まる。何気なく呟いたから流しそうになったけれど、何とも言えない表情になる。

この狐の女性を知ったのは夜会にお邪魔させてもらうようになってからで、初めて言葉を交わしたのはつい先程。

眼差しの先で望は上機嫌であり、朔は不機嫌なまま奏子を見つめている。

「あの、ありがとうございます」

疑問は募るばかりだが、褒められたということは理解できている。それならば礼を伝えようと、奏子はまず頭を下げた。

人であろうとなかろうと、自分の作品を愛してくれている方に会えたのは素直に嬉しい。楽しんで読んでくれたのだと伝わってきて、書いてきて良かったと胸が温かくなる。

けれど、と心に哀しく呟く。楽しみにしてもらっているからこそ、伝えなければならないことがある。

「もうじき書けなくなるのです。縁談が決まりそうで」

望が目を見張った。その背後で朔が身を強ばらせる。

伏し目がちになってしまった奏子を覗き込むようにしながら、望が静かに問いかける。

「もうお相手は決まっているの？」

「誰かまでは決まっていませんが、そろそろ婿《むこ》を取らせると父が」

父が言い出している以上覆《くつがえ》らない決定で、奏子に逆らう術《すべ》はない。そして結婚したら、今までのように密かに筆を執《と》ることもできなくなるのは間違いない。だから、奏子の夢の終わりはすぐそこまできているのだ。

哀しげに奏子が告げると、暫く沈黙が流れる。

朔は何故だか不機嫌になったし、望は何やら考え込んでいる。

そして、ややあって口を開いたのは望だった。

「じゃあ、朔をあげるわ」

「え？」

間の抜けた声を発してしまった奏子は、視界の端で朔が目を見開いて絶句したのを捉えた。

何を言われたのかすぐには理解できず、そして理解した後には何と返答して良いか分からない。引《ひ》き攣《つ》った表情で眼差しを向けた。

「朔に相応の身分と持参金をつけて、お婿《むこ》にあげる。この子なら執筆の邪魔になることはないし、奏子さんは気兼ねなく続きを書けるわ」

「え、え……？」

「勝手に決めるな」

望は具体的に伝えるけれども、奏子の困惑は深まるばかりだ。どう見ても当の本人は乗り気ではないし、そもそもこの二人は……。

「あの、そもそもお二人はどのようなご関係で……？」

奏子はおずおずと問いかける。

「姉弟よ、私がお姉さん。朔は私の弟なの」

女性は男性に従う立ち位置にあり、跡取りとなり得る男兄弟の方が発言力が強いのは自明の理である。しかしそれは人の価値観であり、あやかしには関係ないものらしい。もしかしたら男子でなければ跡取りになれないという決まり自体がないのではと思う。

確かに面差しは似通っているし、纏う色彩も同じである。血縁と言われたら頷ける。ただ、本気なのだろうか。要らないと言ったらたとえ冗談であっても失礼だし、くださいというわけにもいかないだろう。犬猫の子ではあるまいし。

この場合、どう答えるのが正しいのだろうか。

何やら苦情を申し立てる朔を無視して、望は楽しそうに笑いながら「遠慮しなくていいのよ」と言葉を重ねる。

遠慮しているのではない。どう返答すれば一番失礼にならないのかを熟考していただけである。まさか本気ではあるまいと思うけれど、いかにすれば弟の面子《めんつ》を潰さず、姉の配慮を無下にせずにいられるか。

答えが出ないまま、思案顔で凍り付く奏子。

「どういうことだ、先程といい今といい」

「何よ」

人前であろうと不機嫌さを隠さない弟に対し、姉は拗《す》ねたような眼差しを向ける。

先程というのは、大広間でのダンスだろう。やはりあれはこの男性の本意ではなかったのだ。そう思えば、心に暗いものが立ち込める。

望は盛大な溜息を一つ零した後、肩を大仰に竦《すく》めながら呆れた口調で言い放つ。

「煮え切らないから背中を押してあげただけよ」

「余計な真似を」

このひねくれもの、天邪鬼《あまのじゃく》、と望は盛大に朔をこき下ろしている。

言葉を失い二人のやり取りを茫然と見る奏子の前で、狐の姉弟はなおも会話を続けている。

「お嬢様が槿花であることに気付いた誰かがいる以上、守ってあげなくちゃいけないでしょう?」

望が何ごとか朔の耳元で囁いたが、奏子にはよく聞こえなかった。

目に見えて朔の顔色が変わり表情が強ばる。

朔の様子を確かめながら身体を離し、望はさらに続ける。

「遠くで気を揉んで見守るより近くで守ってあげた方が良いでしょう?」

そう望は言うが、朔は唇を引き結び、険しい表情をしたまま沈黙している。

詳しいことは分からないが、どうやら望は奏子を守ろうとしてくれているようだ。何故と視線で問うものの、返ってきたのは微笑みだった。

奏子を様々な意味で守る手段として結婚があげられているらしいが、問題は、そのために差し出されようとしている朔の心情である。

朔は暫しの間、眉間に縦皺を寄せながら沈黙していたが、口から零れたのは溜息交じりの言葉だった。

「俺はもう繰り返すつもりはない。……時期がきたら別れる。本当に夫婦になる心算《つもり》も、愛する心算《つもり》もない」

「好きにしたら？」

その言葉は、望が申し出た内容を受諾していた。

奏子は弾かれたように顔を上げ、朔を見つめた。

愛する心算《つもり》はない。

その言葉が何故か刺さった棘《とげ》のようで、結婚は彼の本意ではないのだと、嘆息交じりの声で思い知らされる。それは当然だと思うけれど、同時に何故か痛くて、哀しくて仕方ない。

見上げた先で、奏子の眼差しと朔の視線が不意に交差した。

朔が奏子の瞳に何を見たのかは、奏子には分からない。だが、目が合った瞬間、朔は焦ったように何かを言いかけ、瞳には希《こいねが》うような光があった。

それは刹那のことで、朔は二人に背を向けて足早にその場から去っていく。

朔が姿を消していった方角を見据えながら、望は深い溜息をついて肩を竦《すく》める。

「愛するつもりはない、ねえ。……もう手遅れだと思うけど」

望はもう一度苦い吐息を零し、奏子に向き直る。

「あんなことを言っているけれど、あなたを嫌っているわけではないから」

「そうですか……」

慰めるようにかけられた言葉は優しいけれど、奏子の表情は晴れないままだ。

不思議に思う程、朔の拒絶が胸に堪えた。奏子を守るためだけに意に沿わない婚姻をしろと言われたのだから不快に思うのは当然だ。

それなのにどうしてこんなに自分は寂しいのだろう。

近くにあったはずのものが隔ての向こうにあるような、理由が分からない不思議な感覚がある。それがあまりに冷たくて、哀しい。裡にある想いに『何故』が巡り続けている。

不意に、肩に柔らかな感触が生じた。

「大丈夫よ。すぐに申し込ませて頂くわ。安心して、待ってらっしゃいな」

気遣うように奏子の肩に手を置き、安心させるような穏やかな声音で望は告げた。

それを聞いた奏子は夢見心地のまま、こくりと頷いた。

その後のことは、ぼんやりとしか覚えていない。

気が付けば自室にいた、いつの間にか帰宅していたようだ。

あまりに衝撃的で、夢でも見ていたのかと思う。ふわふわとした心地がして、どうも現《うつつ》にある気がしない。いつもであれば夜会で見聞きした出来事はすぐに書き出すが、筆を取る気力はなかった。

言葉が少ないことを心配するシノに手伝ってもらって、ぼうっとしたまま寝支度を整え寝てしまった。

翌日、目が覚めると、いつも通りの光景であり、いつも通りの朝だった。

あれは夢であったろうと思いながら、黒髪を揺らしてゆるりと身体を起こす。

なかなか凄い夢を見たものだ。何かの形で新しい話に活かせないものだろうか、面白いかもしれないなどと思いながら、いつも通りに登校した。

そして……すぐに奏子は令嬢達に囲まれた。

どうやら誰かが親から昨夜のことを聞き、それが瞬く間に他の令嬢達に伝わった様子である。少女達は瞳を輝かせて、素敵な殿方と踊られたと聞きましたと聞いてきたのだ。

その様子を見て奏子は実感する。あれは紛れもない現実だったのだと。

家のためと諦めながらも、物語のような恋をも夢見る少女達の追及をかわすのは実に難儀だった。

途中で佳香が先生の用事と口実を付けて連れ出してくれたから何とか乗り切れたが、明日も同様になるのが見えている。奏子の唇からは溜息しか出てこない。

まず家に帰ろう、と奏子は思った。家に帰って、お茶とお菓子で一息入れよう。そして、心を落ち着かせて日課である執筆に勤《いそ》しもう。

きっとあの夢のような出来事はいずれ笑い話になる。あの狐の女性とて、弟をくれてやるなど本気ではあるまい。弟も嫌がっていたし。

だがしかし。

女学校から帰った時には、既に仲人が立てられ婿《むこ》入りの申し込みがなされていた。

昨日の今日の話であるというのに、一分の綻《ほころ》びもない完璧な形式と手順にのっとった申し込みであった。

他にも候補はいたはずなのに、父はすぐさまそれを受け入れて、あれよあれよという間に縁組は整えられた。熱に浮かされたような父の様子から、何がしかの妖術が使われた気もしている。

狐の姉弟は、御一新時――明治維新――の功績が認められて爵位を賜《たまわ》った名門の子息令嬢ということになっているらしい。弟は次男故に婿《むこ》入り先を探していたという設定まで作りあげたようだ。

二人の素性と奏子との婚姻は社交界の話題をさらい、朔は奏子の夫として迎えられることになったのだった。

結婚にあたって、奏子は女学校を退学することとなった。学びたいという意欲は消えていなかったものの、こればかりは世の倣いであるから仕方ない。

時を同じくして、佳香も結婚のために退学した。もうあの庭で語らうことができなくなると寂しかったが、手紙のやり取りを約束し、二人は学び舎を去った。

そして、婚礼の日を迎えたのである。


奏子は強張った表情で正座していた。

緊張しているのだ、しないわけがない。

目の前に用意されたのは洞房花燭《どうぼうかしょく》の……いわゆる初夜の床である。シノに身支度を手伝ってもらい、あれこれと初夜の心得など聞かされ、今は一人きりである。

頭がついていかない、気持ちはもっとついていかないと奏子の裡は混乱したままである。先程婚礼をあげたのもどこか夢心地だ。

だが、頬をつねれば確かに痛いから現実には違いない。

初夜の床で何があるかを全く知らぬわけではない。ただ自分がここにいるというのが信じられないだけだ。

結婚を想定していた以上、いつかはと思っていた。床では殿方のなさるように、と教えられてはいたが、相手が人間ではない想定なんてもちろんしていない。

相手は人ならざる者。

千年を生きた天狐という立派なあやかしである。

このままでいいのか、いっそ逃げ出すか、いやそれでは……と言葉のないまま思案し続けていた時、襖《ふすま》が音もなく開いた。

その向こうには今宵の主役の片割れである花婿《むこ》の姿があった。紋付の正装姿は凛々しかったが、簡素な寝衣姿も飾らぬ美しさがある。

美しい男性って何を着ていてもそうなのね、と思わず見つめてしまう。

朔は奏子から少し距離を置いて座った。

二人の間に横たわる沈黙。痛い程のそれを終わらせたのは、沈痛な声音であった。

「望の我儘につき合わせてしまい、このような事態となったのは申し訳ないと思う。姉は昔から言い出したら、人に何を言われても聞かないから……」

朔の口から実に実に深い溜息と共に言葉が零れる。その何とも言い難い表情から、奏子は改めて姉弟の力関係を窺い知る。

深々と頭を下げる様子を見て、奏子は慌てた。

男性がそのように女に頭を下げるものではないと思うけれど、朔が意に介した様子はない。朔は人の男性のように高圧的であったり、一方的であったりするところがなく、奏子の目には新鮮に映る。

奏子の父は暴君ではないし、どちらかというと進歩的な考えの持ち主である。だが、それでも元々武家の主《あるじ》で、この時代の男性の例に漏れず女は従って当然といったところがある。

けれども、朔からはそのような雰囲気を感じない。あくまで対等な個として奏子を見てくれているように感じる。

思索に耽《ふけ》りながら見つめる奏子に、朔はさらに溜息交じりに続けた。

「この結婚は、あなたが無事に連作を書き上げるまでの仮のものだ。望むように執筆できるよう取り計らうと約束する。それが終わればあなたを自由にする」

この騒動の発端は、奏子の結婚により連作が永久に中断してしまうかもしれない、という危惧である。

つまり連作が無事完結を迎えたなら、その必要はなくなる。時が来たら朔は奏子と離縁するつもりなのだと知る。

「無論この家のことには責任をもつし、一人となった後もあなたは好きなように過ごせるように約束する。あなたの名誉も傷つけないとも約束する」

離縁された女というのは、あまり良い印象を抱かれないものだ。奏子は左程気にしないが。

むしろ婿《むこ》養子という立場である朔の方が不利になるはずである。そうは言っても、そもそも人の世の事情である。あやかしの彼には、さして大きなことではないのかもしれない。

朔はきっと自分を慮《おもんぱか》ってくれているのだ。それは伝わってくる。奏子が不利益を被らないように細心の注意を払ってくれている。恐らく離縁の後に生じる問題を全て解決し、奏子の生活の安寧《あんねい》を保証してくれるだろう。

それなのに、何故かこの間に横たわる距離を寂しいと感じる自分がいる。

配慮の名のもとに引かれた一本の線。決して越えることを望まない境界線。

「本当の夫婦になる心算《つもり》はない」

拒絶を確固とする一言を朔は告げた。

それは、奏子と契るつもりはないという意味でもあるだろう。そして、同時に奏子に心を許す心算《つもり》は……愛する心算《つもり》はないという明確な意思を改めて示したのだろう。

この美しい狐のあやかしは奏子を拒絶するのだ。必要な関わり以外を持たないし、いずれこの関係は終わるものだと言う。

確かにその方がありがたいはずなのだ。奏子は元々結婚に希望を抱いていなかったし、相手が人でないというのも恐怖でしかなかったから。

なのに、何故こんなに。

本音を表情に出さぬよう気を付けなければ、何か返答しなければと思いながらも、今はそれができない。置き去りにされた子供のような、寂しげで哀しい表情が知らず知らずのうちに浮かんでいるだけだった。

朔は奏子の表情を見て一瞬だけ辛そうな様子を見せたものの、それは錯覚だと思う程の刹那だった。

音もなく立ち上がり、奏子に背を向ける。

複雑な事情はあろうとこれは初夜の床、どこへ行こうというのか、と奏子は顔を上げる。

「……ゆっくり休んでくれ」

最後に一度だけ肩越しの眼差しと、視線が交わった。

哀しい心持ちなのは奏子のはずなのに、何故か朔がひどく傷ついているように見えた。

花婿《むこ》の姿は一呼吸後に、その場から消えていた。

妖術でどこかへ去ったのだろう、足で出ていかなかったのは初夜に置き去りにされたと奏子が後ろ指をさされないようにするための配慮であろうか。

一人取り残されて奏子は盛大に深い溜息をついた。気が進まなかったのだから良かったではないかと捨て鉢に呟いてみるけれど、気分が晴れるはずもない。

休めるものなら休みたい、奏子は釈然としない心持ちのまま褄に呟いた。

あの夜会で感じた不思議な懐かしさと温かさ、それが否定された気がする。最初から気のせいだったのだと言われたら返す言葉もない。

だって彼は人ではないのだから。

人の理《ことわり》と情の外に生きる者なのだから。

心中がどれだけ複雑であろうと、もう朔はいないし、その心は拒絶の壁の向こう側だ。

奏子はもう一度溜息をつく。

早くこの夜が明けないかと――この状況も夢であってくれないかと思うばかりだった。

◇　◇　◇

漆黒の空を照らす銀月の下、朔の姿は屋敷を見下ろす屋根の上にあった。

危なかった、と苦い溜息をつく。

奏子のあのような表情を見てしまった以上、あのまま留まっていたらどうなっていたか。

触れてはいけない、歩み寄ってはいけない。

痛みを感じるなら、それが『あの時』の自分への戒《いまし》めなのだから……

「考え事ですか？」

「ああ……お前か」

不意に女の声が耳に飛び込んでくるものの、聞き覚えのある声で朔が驚くことはなかった。

そこには女中の装いをした一人の若い女がいる。奏子付の女中のシノである。

シノはにこにこと笑いながら、明らかに何かを楽しんでいる声音で問いかけてくる。

「今宵は待ちに待った新妻との初夜では？　募る想いがあるでしょうに、こんなところで何をなさっておいでです？」

「……深芳野《みよしの》」

彼女が面白がっているとしか思えなくて、朔は渋い顔をしながら呻《うめ》くように一つの名を呟く。

そもそも、ここは屋敷の屋根瓦の上で、通りかかる場所ではない。

事情を全て分かったうえで笑う女中の瞳は人ならざる虹彩を有していた。

シノという名で奏子に仕えるこの女の本当の名は深芳野。天狐の長《おさ》たる統領姫《とうりょうひめ》である望に古くから仕える腹心の狐である。

つまりは、立派なあやかしなのだ。

事情があって、奏子の身の回りの世話と共に護衛につかせていたのだ。

奏子と上手《うま》くやれているようで安心していたが、文才を見出したのは朔にとって予想外のことだった。

「あらまあ、申し訳ございません。わたくしとしたことが下世話な物言いを――」

「どこから情報が抜けたかは分かったのか」

事情が筒抜けの相手に些《いささ》か分が悪いことは承知している。姉に似た面白がりの女が笑顔で揶揄《からか》ってくるのを遮って、朔は問うた。

『お嬢様が槿花であることに気付いた誰かがいる以上、守ってあげなくちゃいけないでしょう？』

あの夜、渋い顔をする自分に囁いた姉の声が蘇《よみがえ》る。

男は何者かに金になると言われて忍び込み奏子を狙ったものの、詳しいところまでは聞いていなかったらしい。金蔓《かねづる》だからと、他者に話した様子はなかった。

記憶を消しておいたのであの男に関しては大丈夫だが、懸念は消えない。

男に情報を吹き込んだ元凶については分かっていないのだ。気付いた者がまだどこかにいる以上、再び似たような輩《やから》が現れる可能性がある。

「現在必死に探っております。今暫くお待ち頂きたいとのことです」

シノの顔からすっと笑みが消える。

編集長……シノの兄も、シノも持てる全てで槿花の正体を隠蔽していた。けれども、情報は漏れたのだ。

奏子自身が、という可能性もあるが、迂闊《うかつ》に明かしたとは考えづらい。

露見することを恐れた奏子は必死に口を閉ざしていた。彼女が事実を明かしたのは唯一人の親友にだけだ。それ故の懸念はある。だが……

「奏子様に関する情報は、やり取りの際にも守りを重ねておりました。兄も奏子様に関する情報については幾重もの防護を重ねた場所に秘していたと」

シノの兄もまた力ある狐である。その細心の注意を払った術がどれ程緻密なものであるかは言わずとて知れたもの。

けれども先日、兄は蒼褪《あおざ》めた顔である事実をシノに零したのだ。

「慎重に確認したところ、何者かの干渉の痕跡が微《かす》かに見つかったそうです」

兄が苦い声音で告げた言葉を、シノもまた苦い表情で語る。

それは見ただけでは分からないくらいの差異で、少し慎重に見ても分からない程に巧妙であったという。

幾度も幾度も疑いの目を向けて、何度も確認したところ、本当に僅かな痕跡が見つかった。

それが示すのは、人ならざる何者かが奏子の秘密を掴んでいるということだ。

「兄には、他に漏れた形跡がないかを調べてもらっていますが……」

悪い予想程当たると言うが……と苦く裡に呟きながら、朔はシノへ命じる。

「お前は今まで通りに奏子の傍に控えていろ。必ず守り抜け、いいな」

「承知いたしました」

短く了承の意を示したシノは、少しばかり苦笑いを浮かべていた。

素直ではない方だ、と言わんばかりの様子に、朔は憮然とした面持ちで口を閉ざした。

第三章　仮初《かりそめ》夫婦の日常

「おはようございます『奥様』」

「……おはよう、シノ……」

床で微睡《まどろ》んでいた奏子は、シノの声で目が覚めた。それは変わらぬ朝の始まりのようであり、明確に違うものである。

(ああ、そうだった……)

変わらぬ平穏な朝、けれど呼称の違いで奏子は現実を改めて認識する。

結婚したのだ。あの尋常ではない程美しい狐のあやかしを婿《むこ》に迎えたのだ。たとえこの身が乙女のままだとしても、対外的には人妻となったのである。

昨夜は釈然としない想いを抱えたまま、自棄になって床に転がっていたらいつの間にか眠りについていた。

奏子が一人で眠っていたことに、シノが不思議に思っている様子はない。もしかしたら朔が何か言い含めたのかもしれないが、変わらぬ様子がありがたい。

婚礼で心身ともに疲れていたのもあるだろう。それにしても、ぐっすりと安眠した自分の逞しさに思うところはある。

けれども、それ以上にこれからの日々を思い、口から零れるのは盛大な溜息である。

朔との仮初《かりそめ》の夫婦の日々がどうなるのか。拒絶を示してきたあの男と、どんな風に接すれば良いのか。

分からぬことと戸惑いばかりの日々の始まりに、奏子は思わず天を仰いだのだった。


朔との新婚生活は、敷地内に建てられた西洋建築の離れにて始まった。

以前からお前が結婚したら、とそのような話はしていたし整地などの準備はしていたが、呆気にとられる速度で見事な建物ができ上がったのだ。

望の紹介だという大工達は、その流れるような作業の速さからして人間ではない気がする。だが、きっと深く考えてはいけないのだろう。

新居には最新式の設備が備えられた居室や寝室のほか、広い書斎が設けられた。

真新しい木の香りが漂う部屋へ案内され、奏子は瞳を輝かせた。思わず駆け回りそうになったのを淑《しと》やかな笑みに隠して必死で堪える。

夜でも支障なく執筆できるように最新式の灯りが据え付けられ、重厚な両袖机に、天鵞絨《ビロード》張りの座り心地の良さそうな椅子。

書棚には洋書も含めて数々の書籍が並び、卓上には舶来の木筆まである見事な筆記具が一揃い。細工の見事な長椅子や彩りを添える調度品。

名目上は朔が使うことになっているが、朔は奏子に使うようにと言うのだ。

「本当に、私がここを……？　小説を書き続けて良いのですか……？」

「そうしていけるように取り計らうと約束した」

恐る恐る問いかける奏子に、朔は当然だと言わんばかりの様子で応える。

「書くのが好きなのだろう？　ならば続ければ良い」

それが当たり前だと言わんばかりの朔に、奏子は目を瞬かせた。

人の男性であれば賢い妻を厭《いと》うもの、ましてや小説を綴《つづ》る妻などとんでもない。

素は別のところにあり猫を被っていたとしても、女は慎ましく大人しくあれと教え込まれた奏子は思わず口籠る。

そんな奏子を目にして、朔は肩を竦《すく》める。

「人の世に紛れることは多いが、人間の女の置かれた境遇に時折同情を覚える」

望はよく憤《いきどお》っている、と呟く朔の声音には呆れの色が濃い。それは望に対してではなく、人間の男性に対するものだろう。

確かに望の気性ならば、男性の後ろに慎ましく控える良妻賢母《りょうさいけんぼ》を至上とする人の世の価値観は受け入れがたい気がする。

呆れの中に幾ばくかの憤《いきどお》りを込めながら、朔はさらに続ける。

「何故そこまで女を戒《いまし》めるのか理解できない。貶《おとし》めておかなければ人間の男は自分達の立場を保っておけないのか？」

「決して、そのようなわけではないと思いますが……。力も考えも、女性が男性に劣るというのは本当ですから……」

「俺はその辺りからして理解できない。何がどう劣っているのというのだろうな」

奏子は控えめな口調で、人の世においてごく当たり前に教えられる価値観を口にしてみるが、朔は首を傾げる。

「それぞれに得手とする領域があり、不得手とする領域があるだけだろう。それを相手を下に置く材料にするとは。余程自分の首を絞めるのが好きなのだな、人の男は」

ここまで男性に厳しい意見を初めて聞いた。奏子は思わず言葉を失ってしまう。

美しい天狐の男性は辛辣な皮肉を紡ぎながら深い溜息をついた。そして再び奏子に眼差しを向ける。

苦笑いを浮かべながらもその瞳には気遣うような光が宿っていた。

「男であろうが女であろうが。例え優れていようが劣っていようが。好きなものを好きと言えないのは辛いだろうに」

奏子は我が身を左程不幸とは思わないし、むしろ恵まれていると感じている。

衣食住に不自由することはなく、父には感謝している。女に学は必要ないとされオ女とて進学を断念させられる時代、父の子でなければ女学校に通えなかっただろう。けれどそれと引き換えるように、願いを口にはできない。好きなものを自分から好きと言うのも、将来に自ら夢を持つのも許されない。

学校でも最も正しいと教えられるのは良妻賢母《りょうさいけんぼ》たることである。学は嫁入り道具の一つであり添え物であって、自立のためではない。

しかし実際、学のある女は……と女学校出に顔を顰《しか》める嫁ぎ先は多いと聞く。

世は大きく変わり、欧化・開化よと新しい時代が来ても女の境遇は変わらない。

女は自分で物を考えることも決めることもできない。従うしか能がない者と定めるのが世の理《ことわり》だった。自分の意思や願いは存在しないものとされ、言われるままに嫁いで子をなして、家を守って死んでいく。望まれているのはそれだけ。それはどのような生まれの女であろうと変わらない。姫君であろうと市井《しせい》の娘であろうと、生まれた場所によって多少の違いがあるだけ。

女が職業作家として生きること自体が困難を極める。良き妻良き母と女流作家は成り立たないからだ。

どれだけ綴《つづ》る熱狂に浸っていても、それはいつか必ず終わりが来ると疑ってすらいなかった。いつか諦める日が来ると知らぬ間に受け入れていた。

けれども、この仮初《かりそめ》の夫は奏子が夢を抱き続けることを認めてくれるというのだ。

これは人の理《ことわり》の外に生きるあやかし故の言葉か、それとも種族に関係なく朔という男性が寛容である故か。

好きなことを好きと言ってもいいのだと、奏子が心のままにあることを求めてくれすらする。

そのために環境を整え、後押ししてくれる朔に奏子は胸の内を熱い何かが満たしていくのを感じる。

それは仮初《かりそめ》の夫婦という関係において、気付いてはいけないものである気がした。けれども確かに心に宿ったものであり、先を照らす灯火のようにも思う。

胸にこみ上げた熱い心を押し隠すように、あくまで落ち着いた様子を取り繕いながら、書斎のあちこちを見て触れて歩く。

些《いささ》か気後れする程に立派な書斎ではあるけれど、そこで執筆に勤《いそ》しむ自分を想像すると心が浮き立つのを抑えられない。

奏子の様子を見つめていた朔が、不意に口を開く。

「後、俺の前では猫を被らなくてもいい」

「え？」

返答する声が上ずる。なるべく素を出さぬように心掛けてきたはずだ。朔の前で『理想の才媛《さいえん》』の姿を崩した記憶はない、それなのに何故。

何とか取り繕い返答しようと思っても、口の端が引き攣《ひ》《つ》るばかりで言葉を紡げない。引っ込んでしまった猫を引きずりだして被ろうと必死な奏子に、朔の追撃とも言える言の葉が聞こえる。

「私的な時間に素と違う自分を演じるのは辛いのでは？」

この天狐は間違いなく、奏子が猫を被っていると、素は令嬢らしからぬものと見抜いている。

いくら慎ましやかな物腰であろうと、楚々《そそ》とした微笑を浮かべようと、淑《しと》やかな振舞いを崩さないようにあろうとも。不意打ちで佳香に知られた以外では、本性を見抜かれたことなどないというのに。

あやかしには人には見えぬ裡を見通す力でもあるのだろうか、それとも自分が迂闊《うかつ》なのがいけないのか。

取り繕っても恐らく無駄、それならもう素直に観念するしかあるまい。奏子は白旗をあげた。

「……そう言ってもらえると助かる」

「破天荒《はてんこう》な性格は望で慣れている。あれ以上はそういない、だから気にするな」

物凄い説得力、というのは奏子の心の裡《うち》だけに留めておいた。

代わりに嬉しそうで、それでいていたたまれないような表情で口を開く。

「あの、ありがとう……」

「……朔、で構わない。呼びづらい呼び方も無理しなくて良い」

こちらも見抜かれていた、と奏子は呻《うめ》く。

人前では世の妻の例に倣い『あなた』と呼んでいたのだが、これが何せ面映《おもは》ゆい。かといって、名前で呼ぶというのも上流階級の淑女としてはいかがなものかという次第である。

努めて落ち着いて呼びかけようとしても、慣れぬ呼称に恥じらいが滲《にじ》む。屋敷の人間達がそれを初々しいと微笑んでいるのを知れば尚更。

慣れればと思うのだが、果たして慣れるまでこの男性は傍にいてくれるだろうか。

そんなことを考えていたが、すぐに重ねて感謝を口にする。

少しだけ、ほんのりと温かな気持ちが胸に満ちる。

――二人だけの秘密の呼び方というのも、それはそれで頬が熱を帯びるものだな、と知ったのだった。

素晴らしい環境にて執筆に勤《いそ》しめるだけでも充分だと思うのに、それだけではなかった。

書斎にて執筆を始めるようになった奏子は、朔の心遣いの数々に驚くことになる。

睡眠不足は人の身体に良くないと朔は言って、夜更《ふ》けに執筆せずとも良いようにと、左程重要ではない社交の場には式神に奏子の姿をとらせて出席させるのだ。

社交の場に集う皆に多少申し訳ないとは思いつつも度々言葉に甘えた。

屋敷にはいないこととなっている奏子は、朔による目暗ましの術が施された書斎で、思う存分続きを綴《つづ》った。

必要だと思う資料があれば、どこからともなく探し出してきてくれる。

さらには、折を見て朔自身が茶を持ってきてくれることもあり、男性にお茶の支度をさせてしまったと最初はかなり狼狽《うろた》えた。

朔は朔で、父から家の事業の引継ぎなどで忙しいのではないか、と思うけれど、それは気にするなと言うのだ。俺が好きでやっていると言われれば、奏子はその言葉に甘えようと思うようになった。

奏子はしみじみと幸せな気分だった。

だが新婚夫婦をさしおいて、一番我が世の春を謳歌しているのは、多分奏子の父であろう。

爵位と家督こそまだ父にあるが、父は自身の担う仕事を次々と朔に任せていった。

朔は万事においてそつがなく物覚えが良く、家の中の采配から事業に至るまで習わせれば左程時を置かずに自分のものとする。

婿《むこ》の優秀さに大満足の父は、朔を旦那様、自身を大旦那様と呼ぶように命じ、ほぼ朔を当主として遇するようになった。この調子なら朔が完全に受け継ぐのは、そう遠くはないだろう。

気を良くした父は、近いうちに孫の顔をなどと言い出している。

無理ですと言いたいが、それを伝えたら理由を説明せねばならないので、奏子は曖《あい》昧《まい》に微笑むばかり。

そう、子ができるはずがない。奏子は未だ清い身である。

初めからこの婚姻は形だけと言われているのだから、当然といえば当然であるが、二人の寝室は別である。初夜に置き去りにされて以来、朔が夜に奏子を訪れることもなければ、奏子が朔の寝室にて過ごすこともない。

若干釈然としないものを感じるのは、寂しいという想いが過るのは恐らく気のせいだ。

何がしかの妖術でも使っているのか、二人が別に休んでいることを不思議に思う者はない。シノも他の女中や下男も、奏子達の表向きの睦まじさにお子様はいずれと微笑んでいる。

埋《うめ》まる外堀に内心では呻きながらも、奏子は現在修羅場《しゅらば》の真っただ中にあった。

正直、それどころではないという心情だ。

連作の原稿の次の締め切りが近かったからである。

時を経て再会した二人が、それぞれの想いを感じながらも近づけない。そんな焦れったさを上手《うま》く表せずに、奏子自身が焦れていた。

妙に心の中が騒ぐというのもあり、筆はなかなか進まない。書いては却下し、また書いて、その繰り返しである。

そんな奏子を見かねたのが朔だった。

朔は、編集者としても実に優れた才を持つ男だったのだ。

きっかけは『見せてみろ』という朔の一言だった。

ちょうど他者の意見が聞きたいところだった奏子は、躊躇《ためら》わずに原稿用紙を手渡した。男性の視点の意見や異なる立ち位置からの見え方というのを知りたかったのもある。

原稿を最初に読んだ時、何故か朔の表情に寂しげな色が滲《にじ》んだ気がしたのだが、それは刹那である。次の瞬間には、いつもの冷静な朔に戻っていたので、何も言えなかった。

朔は無言で暫し眺めていたと思えば、不意に口を開いた。

「ここは言葉の誤用があるぞ」

「え？」

目を見張ると、具体的な箇所を示しつつ原稿用紙が返ってくる。その箇所を見れば、誤用にあたるところがあるではないか。

指摘されなければ気付かなかったと、内心冷や汗を流す奏子の耳に、さらに朔の冷静な声音が聞こえる。

「後、ここには誤字がある」

「うう……」

再び渡された原稿用紙に目をやる。

自分では気付かなかった脱字がある。本当に誤字脱字というものは駆逐しきることができない厄介な存在である……などと思いながら訂正する。

朔の冷静な指摘はさらに続く。

「この表現は抽象的すぎるな。もう少し具体的な方が読者が惑わずに済む」

言葉と共に返された原稿用紙を食い入るように見つめる奏子。

確かに、と小さく呟く。書いている時は思わなかったが、読み直すと曖昧《あいまい》で、解釈が分かれる可能性がある。

要点を押さえた鋭い指摘に小さく唸りながら、奏子は朔へ眼差しを向ける。

「編集者さんみたい」

「……飽きる程読まされたら、多少口出しできるようになる」

深い溜息と共に呟いた言葉に、思わず苦笑が浮かぶ。誰に読まされたのかは言わずとも分かる。恐らく相当な量の物語を読破しているはずの姉に付き合わされ、朔もかなりの量を読んだのだろう。

あくまで俺の意見は一つの捉え方でしかないが、と朔は言うものの、その指摘は鋭く深い。

だが、奏子もただそれを恐縮して受け入れるばかりではない。譲れないところはきちんと主張して、意見を交わし合い、納得できる形に落ち着かせていく。

朔とのやり取りを繰り返し、徐々に隧道《ずいどう》の出口を見出す。おかげで表現したくとも上手《うま》くできずにもどかしい想いをしていた展開も思うように表せるようになってきている。

悩みもだえ綴《つづ》る筆が止まりがちな奏子を叱咤し、時に甘やかし、時に適切な助言を与えてくれた。

書き続ける奏子と、書き終えた端から原稿を取り上げ、目を通す朔。

朔が一言二言告げると、奏子が思案し書き入れていく。そうして直した原稿をまた朔が見て頷きながら奏子に伝えれば、奏子の顔には満足げな笑みが浮かぶ。

そうして、槿花の連作の続きは無事に綴《つづ》られていくのだった。

そろそろ昼餉《ひるげ》の時間だ、と執筆を切り上げることを提案され、奏子は頷いて手を止める。本日奏子は在宅していることとなっている。そろそろシノが昼餉《ひるげ》の声をかけてくるだろう。

なお、二人が共に書斎にいるのをシノをはじめ他の女中達も知っているが、不思議には思っていないらしい。『朔様は奏子様を片時も離したくない程大事にしておられるため、奏子様は書斎にて過ごすよう求められている』となっているらしい。それを聞いた時、何とも言い難い表情になってしまったのは仕方ない。

奏子が椅子から立ち上がった時、机の角に積んでいた冊子にぶつかってしまい、軽い音を立てて幾冊か落ちる。怪我していないかと問いながら落ちた冊子へ伸ばした朔の手が、ふと止まる。

「……これは？」

「あっ！」

奏子の表情が目に見えて強張る。

朔はどうやら落ちた拍子に開いた冊子の中を見てしまったようだ。一瞬の間に、気付いたのだろう。

慌ててそれを取り返そうとしたが、朔は立ち上がってその冊子を奏子の背より高い位置へやってしまう。長身の朔に手を伸ばしても届かぬ高さに持ち上げられ、さらに頭を押さえられたら、もう手の打ちようがない。

暫し無言で冊子を眺めていた朔を、処刑寸前の死刑囚とはこのような心持ちであろうかと見つめる奏子。

ややあって、怨嗟が籠っているのではないかという程深い溜息が朔の口から漏れた。

「…………………これは？」

「……あなたと望様を初めて見かけた日に書いた、覚書です」

たっぷりと取られた間と努めて冷静であろうとしている声音、見下ろす眼差しが怖い。恐ろしくて目を合わせられず斜め下に視線を逸らす。

そう、初めて浮世離れした美しい二人を目にしたあの日。

帰宅してから寝る間とて惜しいと、目にした光景とそこから浮かんだ想像を、情熱の赴くままに書き綴《つづ》った。

謎があるからこそ、その夢想は煌《きら》めきながら果てなく広がっていく。

……それを、お題にされた本人が見ている。気まずいどころではない。

すう、と息を吸い込むと、朔はこめかみに青筋を立てながら叫んだ。

「何で！　俺と望が！　恋人同士にされているんだ⁉」

だってそう見えたのですもの、とは奏子の裡なる応え。

しかし言えない。今の朔にそんなことは。間違いなく火に油を注ぐのは明らかである。朔の目が据わっている。

「しかも何だ、この煌《きら》びやかな妄想は！」

「だって、二人について何も知らなくて、想像するしかなかったのですもの……」

幾通りかの関係を想定し、二人が血縁であったものも書き綴《つづ》ったが、概《おおむ》ね二人を恋人同士としてめくるめく情熱的な物語を書き綴《つづ》った……気がする。

自分が姉と恋人同士にされた挙句、好き勝手な妄想のお題にされたとあれば、それはまあ怒りもするだろう。

「知らないからといって、ここまで壮大に膨らませられるのはもはや才能だな……」

盛大な溜息と共に朔が呆れたように呟く。

「あの、それ、返して」

過ぎし日の美しい思い出帖、と密かに名付けた冊子の返還をおずおずと懇願してみる。

ぎろり、と剣呑な眼差しを向けられて、思わず奏子の肩がびくついた。

たっぷりと重々しい沈黙が満ちた後、朔は再び盛大な溜息を零す。

「望には絶対に見せるな」

一言一言を重く言い含める朔。

あの面白好きで恋物語大好きな姉天狐が、この冊子を見たらどのような反応をするのか。奏子にもそれは想像できた。

「……はい」

粛々と頷いて冊子を受け取るのであった。

奏子は来る日も来る日も、必死に筆を執《と》り続けた。

だが、人間追い詰められると、逃避したくなることがある。

奏子は必死の形相で手元に視線を向けていた。だが、そこにあるのは原稿用紙ではなく、一冊の本である。

「何を見ている」

「あっ……！」

手元に集中する余り、朔が現れたことにも、覗き込まれていたことにも気付かなかった。

適当に誤魔化そうとしたものの、怪訝《けげん》そうな表情の朔は奏子の手から容易《たやす》く本を取り上げる。

返してと手を伸ばしても、背丈の差のせいで朔の持つ本には手が届かない。

前にもこんなことがあった気がすると思いながら、それでも必死に手を伸ばしていると、朔の低い呟きが耳に降ってきた。

「……これは」

「……物語です」

朔の呟きがあまりに低く重々しく、奏子は気まずさを覚える。

「何だ、この無駄に耽美《たんび》な男色《なんしょく》物語は！」

「禁断の愛の物語と言って頂戴！」

叫ぶ朔に、抗議の叫びで応じる奏子。

殿方だけの閉じられた禁欲の世界で繰り広げられる、切なくも激しい愛の物語。禁じられた関係に対する葛藤、それでも抑えきれずに燃え上がる想い……

心を燃やさずにいられない。目に星を宿しながら、ときめきを抑えられずに必死に頁をめくっていた。そのため、朔の接近に気付くのが遅れてしまったのである。

怒りとも呆れとも形容できぬ表情で見つめる朔に、奏子は顔を背けて呟く。

「望様の古い知人の方がお書きになったらしいの。私にもどうぞ、って」

物語が持ち込まれたのは、ちょうど奏子が原稿の進みに難儀していた時だった。

シノがお届け物ですともたらしたそれは、眩《まば》ゆい光を放って見えた程。思わず捧げるように手に持って、部屋をくるくると踊ってしまったものである。

内容を見て、心から義姉に感謝して天を仰いだ。何て素晴らしいの、と感激して、それからわき目もふらずに読み続けた。

「望……」

呻《うめ》くように呟く朔の表情は、日頃の姉の所業に対する弟の複雑な心情が滲《にじ》んだものだった。

暫し、重く形容しがたい沈黙が流れる。そして、朔は咳払いをした後、奏子に向き直った。

「読むなとは言わないが。……原稿の進捗は？」

「こ、これから取りかかるところです！」

何とか誤魔化そうと取り繕う奏子を見て、朔は深い溜息をついた。

「書き上がるまで、これは没収だ」

「うう……」

禁断の輝きは朔の手にあるまま、奏子は執筆を再開する運びとなる。

「あれはご褒美。原稿を仕上げたら心行くまで読もう」

口に出してそう己を励まし、奏子は筆を執《と》る。

その様子を見た朔は、複雑な息をついた後に自分の仕事にとりかかるのだった。

筆を進めながらも考えていた。男性同士でそのまま関係をなぞるのはつまらないので、女性同士に置き換えて案を練ってみよう、と。

朔は知らぬが幸せだったかもしれない。

そうして、朔の手助けと叱咤のもと、奏子はとうとう連作の続きをかき上げ、シノに託した。

暫くして無事に本は出版され、世に送り出された。新たな物語を読んだ人々は展開に心躍らせ、早くも次作を心待ちにするのだった。

山場が去って数日経ったある日。

書斎の奏子のもとへシノが手紙の束を運んできた。

それには社交の誘いや時候の挨拶などの『奏子』への手紙と共に『槿花』への手紙も含まれている。

読者の手紙に目を通していた奏子は、嬉しいと同時に複雑な心境だった。

的《まと》を射た助言により、磨き抜かれた続きを読んだ人々は「先生の作品はどんどん輝きを増した」と熱く語る。彼女らを陶酔させる美しい作品の影に、あやかしの狐の存在があったなど誰も想像しないだろう。

「先生は新しい恋でもなさったのか」と綴《つづ》る書面を幾度も目にして、奏子はとても複雑な思いだった。

その表情を見た朔は手紙に何が書いてあったのかを問い、奏子は無言で手にしたそれを手渡す。

無言で文面に目を走らせていた朔は、成程、と呟きながら息を吐く。

「好いた相手ができたのでは、か」

「いません！　そんなはしたない！」

奏子の答えを聞いて、朔は僅かに顔を背けた。何故だか、拗《す》ねたような色が滲《にじ》んでいる。ほんの一瞬であり、錯覚だったのかもしれないが。

「自由恋愛なんて、ふしだらというか、いけないことと言いますか……」

こころを交わして想いを育み、そして結ばれる。それは淫《みだ》らだと教え込まれてきた身であるから、馴染《なじ》まない考え方だ。自分の意思で想う相手を選ぶなど道に外れたことで、親の決めた相手に嫁ぐことこそ娘として正しい道だと。

「俺にはそれも理解できん。好きな者同士が結ばれる、どこが害悪なのだ？」

朔の言葉は、実に冷静であり迷いがなかった。

あやかしの世界においては、好きあった者同士が結ばれるのは当然の理《ことわり》であるらしい。

「恋の物語を書いている癖に、恋愛には否定的なのだな」

朔は肩を竦《すく》める。

「う……」

痛いところを突かれて奏子は呻《うめ》く。

そう、奏子が綴《つづ》るのは恋物語。想いを交わす人とあやかしの物語を書き表すのが奏子の筆。その癖、恋愛に対しては否定的。奏子も、我ながら矛盾していると思っていたところを、容赦なく指摘された。

あやかしの世界の理《ことわり》は、人の世界には許されぬものであるけれども、心のどこかでそれを『羨ましい』と思う自分がいる。

だからこそそれを綴《つづ》っていたのかもしれない。現《うつつ》ならざる世界であれば、許されないことだとしても美しくあれると。

気まずそうに沈黙するばかりだった奏子は、不意に口を開いた。

「恋を知らないのに書くのは、滑稽《こっけい》でしょうか」

恐れながらも、恋を知りたい、と奏子は思うのだ。

知らぬからこそ美しく書けるのかもしれない。

けれどそれで本当に深く心を揺さぶることはできるのだろうか。現実味のない絵空事と虚しく映りはしないだろうか。空虚を美しい表現で覆い隠しているだけなのではないだろうか。

時折、振り返っては自問する。

恋を知れば迷い、道を見失い堕《お》ちるだけと言われているけれど。ならば何故、人々は奏子の綴《つづ》る物語を愛してくれるのか。

「経験していなくとも想像を巡らせ、実際に体験したように描き出すのも作家の力量だと思うが」

朔は首を傾げながらも落ち着いて語る。

奏子も確かにと頷く。

物語を綴《つづ》っている時、裡にある何かに突き動かされるように筆を執《と》っている。知らないはずなのに、知っているように。想像を巡らせ、見知らぬ世界をそこにあるかのように描き出す。

幼く淡く、けれども確かにそこにある何かが奏子の胸に熱を宿す。それを灯火として確かめるかのように、人とあやかしとの恋を綴《つづ》るのだ。

だが、少しだけ朔の言葉に含みを感じた。知らないからなのか、それとも……考えても詮ないことと浮かびかけた思考を止め、奏子は朔へ眼差しを向ける。

それこそ朔に本当に恋心を抱いていた女性もいたのではなかろうかと。

自分より遥かに長い刻を生きる彼が、これまでいかなる恋を抱いてきたのかが気になって仕方ない。仮初《かりそめ》とは言え、夫の過去の恋愛を探るなどはしたないという思いと、聞きたいという思いが奏子の中でせめぎ合う。

暫くして、知りたい心が勝って奏子は問いかける。

「恋をしたことがありますか」

「……語る程のことはない」

返ってきた答えは実に素っ気ない。にべもなくそう言われたら、それ以上は問えない。

ああ、やはり、と奏子は心の中で呟く。

朔は特段冷たいわけでもなく、あからさまに距離をとるわけでもない。少し気難しいけれど兄のように接してくれるし、むしろ優しいと言える。

けれど、己の領域に入れることはない。頼らせてくれるけれど、頼りきらせてはくれない。近づいたと思って歩み寄ると、見えぬ壁を設けて一歩後退る。

最後の一線で拒絶する。

仮初《かりそめ》の間柄だと自覚させているのかもしれない。けれども……

教えてほしい、と心の裡《うち》にぽつりと浮かんだ言の葉。

朔に何を教えてほしいのか、それは奏子にも分からなかった。

◇　◇　◇

義父に呼びつけられて母屋へ向かう途中の朔は廊下にいるシノに気付き、すれ違い様、幾通かの手紙を渡す。

「男からの手紙は、奏子の目に入る前に全部焼き払え」

問いかけはなかった。シノはどこか呆れたように嘆息するばかりである。

「朔様……」

シノが持ってきた多くの手紙の中から、朔は奏子に気付かれないうちに男性からのものを抜き取っていたのだ。

中を確認するまでもない、奏子への恋文だ。

独身の時分から奏子には信奉者と呼べる男性がちらほらといた。大概は奏子が結婚したことで諦めたようだが、いまだに手紙を送ってくる者がいる。

朔は奏子に気付かれないうちに、邪な情を感じる手紙を束から弾いて隠した。

苛立たしげな朔の言葉はさらに続く。

「奏子に近づく男は脅してやらねば分からない、いやいっそ喰ってしまっても……」

「朔様」

シノはやや控えめに釘をさすように名を呼ぶ。眼差しは呆れを含んだ半眼である。

「……冗談だ」

流石《さすが》に言いすぎたかと思って、朔は視線を逸らして呟く。

シノの目は言っている『絶対冗談ではないでしょう』と。

ばつが悪くて少しばかり沈黙すると、朔は自嘲するように唇を歪《ゆが》めた。

「俺はそんなことを言えた立場ではないからな……」

その言葉を聞いて、シノは何故か悔しそうに顔を歪《ゆが》める。

気付いていたが知らぬ振りをして、彼女の答えを待たずにその場を後にした。

歩みを進めて、ふと窓の外に視線を向け立ち止まる。

硝子《がらす》窓の外には、庭師が丹精を込めた庭園の彩りが見えた。一幅の絵画にも見える光景に僅かに目を細めつつも、朔は唇を噛みしめた。

本来なら統領姫の腹心を人の子の護衛にするなど、ありえない行為だ。望が寛大なのをいいことに、自分は十年の間、深芳野に奏子を守らせ続けている。

それは、ひとえに自分の執着故である。同時に、それを表に出してはならないことも。

かつて、奏子に対する執着を隠すことなく現わした。何も憚らず、心を抑えず彼女の手を取った――どんな結末を導くかも知らずに。

あの出来事さえなければ……と唇を噛みしめることがある。思い出すだけで『あの男』に対する怒りと憎しみが溢れそうになる。

望や深芳野達は、朔のせいではないと重ねて言ってくれた。

だが、それを招いたのは朔自身なのだ。緩み切った自分の過失。自分と近しくなれば、奏子は不幸になる。

だから、今度は決して彼女の手を取るまいと思った。

自分に言い聞かせる。決して愛してはならないと、この関係は仮初《かりそめ》のものだと。どれ程焦がれても、奏子はもう自分のものではないのだと……！

望まぬ婚姻をすることになってしまった奏子に配慮しながらも、近づきすぎないように線を引いた。

けれども、奏子は素直で屈託のない笑みを向けてくれる。あまりに懐かしくて切なくて。

一度はその手に確かに触れていたのに、ようやくまた傍にいるのに。近い距離にいると思えばこそ、尚更遠く寂しく、肌が凍えるくらい冷たくなる。

差し込む陽射しは麗《うら》らかなのに、朔はひどく寒かった。

第四章　穏やかさの中に

数日して、朔と奏子は居間にてのんびりと過ごしていた。

ふと何かの気配を感じた奏子は、窓辺まで歩みより外へ視線を向ける。すると、庭木の梢《こずえ》に目が止まる。そこに、不思議な光を放つ鳥がとまっているのが見えたからだ。淡い輝きに包まれた玉虫色という不可思議な羽色をしていて、どう見ても自然にいる生き物ではない。

「屋敷からの連絡だ」

「朔！」

朔が窓辺に近づいたのを察した鳥は、硝子《がらす》窓へ一目散に飛び込んでくる。ぶつかる！　と奏子が息を呑んだ瞬間、鳥はするりと硝子《がらす》をすり抜けて室内へ現れた。そして、何ごともなかったかのように、一周回ると朔の腕にとまる。

その鳥を撫でてやりながら、朔はまたも深い溜息をつく。

「集まりがあるから顔を出せと言うのだろう。断ると言っているのに」

朔はそう言って、何ごとか呟きながら鳥の柔らかな羽毛を撫でつける。

触れる指先からきらきらと淡い光が舞い奏子が目を細めると、鳥は朔の手に留まったまま手を打つように翼を動かす。そして朔の腕から飛び立ち、室内に現れた時と同様に硝子《がらす》窓をすり抜け、高い空へ去っていく。

何がしかの返事を持たせて送り出したのだろう。

「お呼ばれしているなら、行った方がいいのでは？」

朔は長《おさ》である望の弟で、長らくその助けをしているという話だ。一族の集まりとあれば呼ばれぬはずがないし、参加して然るべきではないか。

そういう集いを面倒と思うような性分でもなさそうなのに、と奏子の顔には疑問が浮かぶ。

それを見た朔は物憂げに呟く。

「顔を出せた義理ではない」

それはどういう、と言いかけた奏子の先を制するように、朔は苦々しい表情で続ける。

「俺は天狐と呼ばれているが、欠けている」

「どういう意味……？」

わけが分からない。奏子は困惑を隠せずに朔を凝視した。

欠けたところがあると言われても、朔にそのようなところは見られない。見えぬところの問題であろうか、はたまた比喩的なものか。

首を傾げると、朔は奏子にも分かるようにかみ砕いて語り始める。

「本来、天狐の尾は四本だ。望を見れば分かるだろう」

確かに、義姉の尾は四本だった。ふわりと柔らかで滑らかな毛並み、美しい尾は触れてみたいと思わせる素敵なものであった。

対して、朔の尾は三本だ。

特段不思議には思わず、そういうものなのだろうと思っていた。だが、どうやら朔の尾は天狐としては一本足りなくて、本来あるべき状態ではないらしい。

「俺は一本欠けている。天狐としては不具なんだ。だからなるべく一族が多く集まる場所には顔を出さないようにしている」

長《おさ》の弟でありながらあるべき形でないことに負い目を感じ、なるべく同族の集う公の場所へは顔を出さぬと決めているらしい。

「何で、一本足りないの……？」

奏子は、少し躊躇《ためら》った後に思い切って問いかけた。

触れてはいけない話かもしれない。だが、朔の表情を見てしまったから、気になってしかたない。知りたいという思いに抗えなかった。

朔の表情に一瞬、切なさを帯びた苦々しい色が現れる。しかしそれは一瞬で、朔はすぐに顔を背け淡々とした声音で言う。

「……大事なものを守るためだった」

それを聞いて、奏子の胸に何かが過る。

痛みであり、切なさであり、怒りであり。言葉で表すのは難しい感情が綯交《ないま》ぜとなって、奏子は叫ぶ。

「なら、恥じることはないじゃない！」

朔は僅かに目を丸くして、茫然と奏子を見つめる。

その瞳を真っ向から見つめ返しながら、奏子は己の裡に生じた想いを口にした。

「大事なものを守るために失くしたなら、それは不具なんかじゃない。全然恥じることなんてない！　朔の想いの証じゃない！」

朔が大きな代償を捧げて守ろうとした証。それを不具と呼ぶのがたまらなく哀しい。

朔は悪くない、何も恥じるところなどない。

そう思うと同時に、胸の奥が騒《ざわ》めく。熱い何かが心の奥で奏子を揺らし、満たしていく。

目の前には茫然とした様子の朔が奏子を凝視していた。

その姿を見て、何故ここまで必死になっているのかとはっと我に返る。出すぎた真似を、と先程まで自分を満たしていた熱いものの分だけ、今度は血の気が引いていく。

「頭を冷やしてくる」

蒼褪《あおざ》めながら奏子はそう言って、その場から駆けだした。

朔と顔を合わせているのが気まずい。何も知らぬ自分が口を出していいことではないのに。

朔の次なる言葉が怖くて、思わずその場から去ってしまった。

何故、あんなに胸が一杯になったのか。あんなに苦しくて叫ばずにはいられなかったのか。

考え続けても、自分の中に探し続けても、奏子には分からなかった。


それから暫くして。

蒼く澄んだ空が美しいある日、奏子を心から喜ばせることが起こった。親友である佳香の訪れである。

友の境遇はあまりにも寂しいもので、奏子は心配でならなかった。

夫は外に女を囲い、妻とは名ばかりで小さな離れに住まわされ、人目に触れるのも禁じられ、心許せる使用人もいないと言う。

心配させぬようにと事実を覆い隠そうとしてはいたが、それでも人づてに伝わってきて、いっそこちらから訪問するかと思っていた矢先だった。

意を決して奏子の家に訪問したいと切り出したら、家名を聞いた途端、賛同したという。抜け目がなく欲が深いという佳香の夫は、ぜひとも今を時めく華族様とのご縁を繋いで来い、と佳香を送り出したという。

夫の思惑がどうであろうが利用したもの勝ちよね、と笑う佳香は昔のままであった。

奏子はその笑顔を見て安心する。変わらぬ佳香がそこにいると、心が女学校の頃に戻った心地がした。

ただ、奏子を驚かせることも同時に起こった。佳香は一人ではなかったのである。

「遅くなったけれど結婚おめでとう、カナコ」

「ありがとうございます、ミス・メイ……」

黄金の髪を揺らして喜びを露わにする異人の女性に、奏子は戸惑いを隠して微笑む。微《かす》かに梔子《くちなし》の香りを感じた。以前も同じ香りを纏っていたので、彼女が好む香水なのだろう。

佳香は、ミス・メイと共に訪れたのである。

女学校を退学して以来、顔を合わせることのなかった教師との思わぬ邂逅《かいこう》に、疑問が次々と浮かび混乱もした。

上流階級の出であるというミス・メイは、佳香の夫の商売において上客であるらしい。

ミス・メイが訪れる時だけは佳香も人前に顔を出すことを許される。太客の直々の求めであれば応じないわけにはいかないからだ。そうして佳香とミス・メイは交流を深めるようになったという。

　ある日、奏子の話題が出て、ミス・メイが奏子の顔を見たいと希望したとのことだった。学び舎を去った教え子を、異国の麗人はとても気にしていたらしい。

　そこで佳香は思い切って夫に外出を願い出た。それは奏子の家名と佳香の同行を求めるミス・メイの要望を受けて、あっさりと叶ったのだという。

　経緯はどうあれ、佳香と会えたのは嬉しい。

　ミス・メイも案じてくれたなら、ありがたいとは思う。それなのに、やはりこの美しい女性を目にすると心が落ち着かない。何故この胸の裡がざわつくのか答えが出せないけれども、気のせいだと自分に言い聞かせる。

　生憎《あいにく》、朔は父の供をしており今日屋敷を留守にしていた。

　噂の旦那様に会えないのは残念と二人が嘆くのを聞き、どこでどのような噂になっているのだろう、と思わず真顔になった。

　二人にせがまれて新居の中を案内して回った後に三人でお茶の時間となった。

　中庭にせり出すように作られたその場所は、大きな硝子《がらす》窓を贅沢に巡らせており、陽光に照らされた温かな空間となっている。

設えられた椅子に腰かけて、三人はシノが運んでくれた茶や菓子をお供に話を弾ませた。

すると、ミス・メイが庭の見事さを褒めたたえ、できれば庭師の方に丹精するコツをお聞きしたいと言い出す。

突然の申し出に驚いていると、最近花を育てることに凝っているからと重ねて懇願される。庭園を管理する老庭師のもとへ案内させようとシノを呼び、ミス・メイは朗らかに笑いながらその場を後にする。

去り際に茶目っ気を込めて片目を閉じたところを見ると、恐らくそれは口実だったのだろう。自分がいてはできない話もあろうというミス・メイの配慮を感じて、視線を交わした二人は微《かす》かに苦笑いする。

金髪の麗人の姿が消えたのを確認した後、二人は揃って大きく息を吐いた。

やはり第三者の目があるため、二人とも素に戻って話すわけにはいかず、今ようやく肩の力が抜けた。

佳香も同じだったようで、肩を竦《すく》めると屈託のない笑みを浮かべて話しかけてくる。

二人になってする話題と言えば、それはもう創作の話だ。

「それにしても、連作の続きを読んだけど。……奏子、また表現が巧みになっていたわね。展開も素晴らしくて切なくて……。思わず泣いてしまったわ」

不意に呟かれた言葉に奏子は目を瞬いた。

佳香はどうやら、先日書き上げ世に送り出した連作の続きを読んでくれたらしい。何でもミス・メイが差し入れに添えて『帝都で今、話題の小説らしいわ』と贈ってくれたのだという。

創作仲間であり、一番の読者でいてくれた佳香の言葉に頬が綻《ほころ》ぶ。内容の一つ一つを上げての感想は奏子が話の中で描きたかった部分を巧みに捉えていて、やはり佳香は分かってくれると嬉しくなった。

けれども、不意に佳香の表情が曇る。

「でも、もうじき槿花先生の本を読めなくなると思うと、寂しいわね」

連作の最後まで読みたいのに、と哀しげに呟く佳香に、奏子は首を傾げる。

「え……？」

「そろそろ、原稿が尽きてしまうのではないの？　先頃出版された本も、書き溜めておいたものなのでしょう？」

確かに誰にも知られずに執筆を続けるのは困難なので、佳香がそう思うのも無理はない。自分とて、まさか結婚した後も書き続けられるなんて思っていなかった。まあ、そもそも人ならざる天狐を婿《むこ》に迎えるとも思っていなかったが。

「実は、あの連作の続きは先日書きあげたものなの」

佳香の問いに、奏子は静かに首を左右に振る。

朔は言ってくれた、連作を書き終えるまで協力すると。

その言葉通り、人の世の手段に加えて、あやかしの手段も使って奏子を助けてくれている。思う存分綴《つづ》っていられるのも、内容が磨かれより望む形になっていくのも、朔のおかげだ。

近づけば一定の距離を置き、己の領域には立ち入らせないけれど、彼は決して途中で自分を放り出したりしない。それが姉に言われたからであろうと、一度受け入れたなら必ず。

何故か奏子はそう信じている。あの美しいあやかしの婿《むこ》は、奏子の夢を後押ししてくれている。だから……。

「完結までは大丈夫だと思う」

自信ありげな言葉に、佳香は首を傾げ低い声音で問いを重ねた。

「……結婚したのに？」

「どういうわけか結婚したのに、書けているのよ」

佳香にならば真実を明らかにしてもいいかもしれない。

だが、あまりにも突拍子がなさすぎる話だ。それすら作り話と笑われる気がする。

それに、人の理《ことわり》が通じない世界に、あまり佳香を触れさせたくない。彼女には平穏に過ごしてほしい。

人知れぬ世界に、巻き込みたくない。

そんなことを考えていた時だった。

背筋を何かが駆け抜けた。暗く深く、激しい何か。戦慄、と称しておかしくないもの。

（……佳香……？）

目の前には先程までと変わらず佳香がいる。

けれども、一瞬。そう、ほんの一瞬だけ。友が友ではないように見えたのだ。殺意と思える程の激しい感情を纏った他人に見えて、息を呑みかけた。

しかし、一度目を瞬かせると、友は平素の微笑みを湛《たた》えてそこにいる。

佳香は手を一つ叩くと嬉しそうな笑みを浮かべて、弾んだ声で言う。

「それじゃあ、これからも槿花先生のお話を読めるというわけね？」

そう言いながら笑う佳香は、いつもの佳香だった。

そして二人はミス・メイが戻ってくるまで連作について話し続けた。

奏子には聞きたいことがあった。佳香のこと、彼女の今の境遇、彼女の綴《つづ》る話について。

問いかけたなら、恐らく佳香は答えてくれただろう。少しばかり込み入った話ではあるが、二人の間柄であれば許されよう。そう思うのに何故か口にできず時は過ぎていき……

ミス・メイが庭園を散策してご満悦で戻ってきた。

老庭師は美しい異人の女性が目を輝かせてあれこれと問うてくれるのに気を良くして、庭園中を隈なく案内したという。

案外美女に弱かったのか、と思う奏子の眼差しの先で二人は辞去の支度をしている。

ミス・メイは奏子に問いかけた。これからも『二人で』訪れても良いか、と。

それが日頃外出を許されぬ佳香へのミス・メイなりの気遣いであると悟り、奏子は微笑んで頷いたのであった。

第五章　槿花事件

離れの居間にて、奏子は一人で茶と菓子を喫《きっ》していた。

先程まで、書斎で書類仕事をする朔を視界の端に捉えながら執筆をしていたのだが、欠伸《あくび》を噛み殺したのが朔の目にとまってしまった。

顰め面で詰問する朔に隠し通すことができず、昨夜こっそり夜更かしをして読書……からの思いついた話を書き留めていた、ということが露見した。

無理をするなと言っておいたのに、と盛大に嘆息する朔に、暫し執筆はお預けと休憩を命じられた後、書斎を出され現在に至る。

調子が乗っていたのにと恨めしく思うけれど、昨夜は三つ程新しい話の案を纏められたので良しとしよう。

シノにお茶のお代わりを求めると、シノは笑顔で居間から出ていった。

一つ息をついて伸びをする。確かに些《いささ》か色々と詰め込んでいたし、ここ最近は無理をした気もする。

朔は決して奏子が無理をするのを見逃さない。どんな些細な不調でもすぐさま見抜いて養生するように計らってくれる。

少し熱を出しただけでも床について安静にするように言い、滋養のあるものを用意させたり、自ら奏子の好きな水菓子を買い求めたり。さらには、奏子がきちんと眠るか心配だと言って、奏子が寝付くまで書類を持ち込んで枕元にいてくれた。

若干、朔は過保護である。執筆できる環境を整えて後押ししてくれるだけでありがたいというのに、それ以上の心遣いを感じるのだ。

けれども、それなのに。

奏子は気遣いに心が温かくなったと伝えようとするけれど、朔はさせてくれない。

朔は奏子の心が近づこうとすると、距離を置こうとする。

決して自分の領域に踏み込ませないのだ。多分、この夫婦関係がいずれ終わる仮初《かりそめ》のものだからだろう……。

ふと窓の外へ視線を向ける。

そういえば、何やら外が騒がしい。遠くから人の叫び声のようなものが聞こえている。今日は人が集まる予定があったのかと怪訝《けげん》に思っていた時だった。

木の床を踏み抜くのではないかという程の荒々しい靴音が近づいてきた。

「奏子っ！」

怒鳴り込んできたのは父であった。

その形相はまさに鬼のよう。これ程怒りを露わにした父を奏子は見たことがない。

只ならぬことがあったのだと、立ち上がった奏子は緊張した声音で問いかける。

「お父様？　どうなさったの？」

「どうした、ではない！」

温和で落ち着いた人格者として名高い父が、何もかもかなぐり捨てて怒鳴り散らす。

体を強ばらせた奏子に父は何かを投げつけた。

それは、ひらひらと絨毯《じゅうたん》へ落ちる。

「お前が……。お前が、世間で騒がれている槿花という小説書きだと書いてある記事だ！」

「……え？」

何を言われたのか理解できなかった。いや、理解するのを頭が拒んでいた。

緩慢な動きで、奏子は床に落ちた紙を拾い上げる。

父が奏子に叩きつけたのは、主に娯楽記事が載る庶民向け小新聞だった。普段なら、父は下らぬと断じて決して読もうとしなかったはず。何故、父はこれを手にしたのだろうか。

「屋敷につめかけた新聞記者とやらが渡してきたのだ。もう帝都はこの話題で持ち切りだと！」

一目噂の主である奏子を見ようという野次馬や、奏子に話を聞きたいという新聞記者が門前につめかけているらしい。

それらを押し返すのに家令達は必死だし、中には木に登って敷地の中を覗こうとした者もいるようで、下男達が見つけては叩き出している。

女中達も誰も外に出られず、また入れない状態であり、子爵邸は上を下への大騒動であるという。

奏子の顔から一切の色が消えた。

血の気が引くなどという言葉すら生易しく思える。全身という全身から血が失せてしまったように、何もかも凍てついている。

決して露見しないという確証はなかったけれど、今日のこの日まで厳重に守られてきた事実が帝都中に知れ渡っているというのだ。

何故、露見したのか。

編集長……シノの兄とのやり取りも、原稿の引き渡しも、シノを介して慎重に行っていた。シノと兄は仲が良いことで有名で、頻繁に事務所を訪れても不自然ではないという。

二人は口が固く、彼らが情報を漏らすとは考えにくい。

佳香も決して口外しないと誓ってくれていた。

ならば何故、どうして。

すぐさま「違う」と返答していれば。あるいは馬鹿馬鹿しいと軽やかに笑って見せれば。大衆は娯楽に飢えておりますね、と嫋《たお》やかに首を傾げて見せれば。名を貶《おとし》められたと怒れば、とりたてて問題もなく、事実無根の噂であるとすることができただろう。

けれども、原因を求めて思索した間が何よりも雄弁な答えとなった。

娘の蒼褪《あおざ》めた表情と、そこにある躊躇《ためら》いから全てを察した父の表情が、瞬く間に怒気で赤く染まる。

風を切る音がした瞬間、頬に衝撃を受け、奏子は床になぎ倒されていた。

頬が燃えるように熱い。痺れたように感覚がない。

父に打たれたのだと気付いたのは、シノの悲鳴と、何かが落ちて割れる音が響いてからだ。

茶を載せた盆を取り落としたらしいシノは、慌てて奏子を助け起こしてくれた。

目の前がくらくらしている。相当な力で打たれたのだろうと、他人事のように感じる。恐らく次々に告げられる事実に、言葉に、痛みに、理解が追いついていないからだろう。

シノはなおも怒鳴り続ける父から奏子を庇いながら、必死に制止をしている。

いけない、と奏子は思う。シノは仕えて長いとはいえ、あくまで使用人の身分だ。父に逆らうのはシノにとって良くない。

涙がうっすら滲《にじ》んで僅かにぼやけた眼差しの先、父はなおも声を荒らげ続けている。

女学校へ行かせたのは間違いだった、女が学をつけても碌なことにならない、切れ切れにそう聞こえてくる。

普段は進歩的な考えをなさる方なのに、と思いながら父を見上げる。

その様子を見て、奏子が反省していないと判断したのだろう。父は再び右手を振りかぶる。シノがそれを止めようと縋りつくけれど、父はシノを振り払い、叫びながら手を振り下ろした。

「この、親不孝者め！」

もう一度衝撃を受ける覚悟をして目を伏せる。シノの叫びがひどく遠く聞こえた気がした。

けれども、待てども、打たれる痛みは訪れない。

恐る恐る薄目を開けた先には、見慣れた美貌の主の姿がある。書斎にいたはずの奏子の夫が、父の腕を掴んでいる。

二度目の平手を防いだのは、朔だった。父の怒鳴り声を聞きつけたのだろうか。

朔はあくまで冷静な声音で、さして力が籠っているとも思えぬ様子で父の腕を掴みながら告げる。

「野次馬も記者も全て退去させました。もう心配は要らないはずです」

「何を言うか！　心配だらけだ！　この馬鹿者が……家名に泥を塗る真似をして……！」

父は顔を顰《しか》めた。奏子を睨《ね》めつけて吐き捨てるように怒鳴る。その怒りは親として、一家の主《あるじ》として、全く不思議ではない。

朔が特別だったのだ。理解し、受け入れ、手助けさえしてくれる彼が。

奏子には、朔にうっすらと耳と三本の尾があるのが見えている。押しかけたという人間達を退去させるのに、恐らくあやかしの力を用いたのだろう。父に驚いた様子がないところを見ると、奏子にだけ見えているようだ。

美しい狐の横顔に、微《かす》かな怒りが滲《にじ》んでいるように感じるのは気のせいだろうか。

「何故、作家として名声を築くのが家名に泥を塗ることになるのか理解しかねます」

「何が名声だ、女相手の通俗小説なんぞ……」

朔はあくまで落ち着いて淡々としている。

最初こそ怪訝《けげん》そうだった父が、何かを察したように突如愕然とした表情をした。

気付いたのだ、朔が全く動じていないことに。それはつまり……

「朔君、君は知っていたのか⁉」

衝撃のあまり震える声音の父の問いに、朔は黙したまま頷くと、静かに口を開いた。

「奏子が小説を書いていることも、世に名高い『槿花』であることも、全て」

朔はそこで一度眼差しを奏子に向ける。打たれて赤くなった頬を見て唇を噛みしめるけれど、すぐに父へ向きなおり抑えた口調で続きの言葉を紡いだ。

「私は知っていて奏子を受け入れた。……執筆を続けるように言ったのは私です」

それどころか自ら執筆活動に協力していたと、朔は告げた。

父はその場に崩れ落ちるのではないかという程愕然としていた。

婿《むこ》が妻の所業に顔を顰《しか》めるどころか、それを良しとして助力すらしていたという事実が、父を打ちのめしたらしい。朔が自分とは全く反対の見解を示していることに動揺し、もはや奏子を打ち据えるどころではなくなったようだ。

茫然とし力を落とした父の腕を、ようやく朔は解放した。そして問いかける。

「大事な女性が好きなことに打ち込む姿を好ましいと思うのは、それを守ってやりたいと思うのは、おかしいと？」

「良家の娘に求められるのは、良き妻良き母となり、跡継ぎをもうけることだけだ！　通俗小説を書いて人に見せびらかすなどという、小賢《ざか》しい真似ではない！」

そう、それが正しいのだろう。良き娘として、良き妻となり良き母となる。それがこの人の世において女が求められる唯一のこと。それを外れた奏子が間違っている。

人ならば、そう許する。十人に聞いて十人がそうだと答えるだろう。

けれども、朔は違う。

人の理《ことわり》の外にあるあやかしである故、いや違う、それは朔という男性である故だ。

彼が彼であるからこそ、奏子は抑えることなく偽ることなく、あるがままの自分と願いを受け入れてもらえた。朔がいたからこそ、奏子は何も失わずにいられた。

「私は『槿花』という存在ごと奏子を受け入れました。だからそれを脅かす何者からも奏子を守ってみせます」

朔はあくまで穏やかに宣言する。その言葉の奥に滾《たぎ》る何かを感じさせながらも、決して声を荒らげず父と相対している。

奏子を庇うように立ち、朔は毅然と言い放った。

「奏子の顔を曇らせるものは、誰であろうと許さない」

それが義父であろうと容赦はしない、朔の怜悧《れいり》な眼差しはそう告げていた。言葉には微塵の迷いも躊躇《ためら》いもない。

気圧されるように、父は唇を噛みしめながら二人に背を向けて歩き出す。暫く外出は禁じる、と呻《うめ》くような呟きを残して、父はその場を後にした。

残されたのは無言のままの奏子と朔、心配そうに奏子を見つめるシノの三人だった。

「ごめんなさい」

「何故謝る」

俯いたままの奏子は、ぽつりと呟いた。

数多《あまた》の言葉を駆使して小説を綴《つづ》るというのに、その言葉しか浮かんでこない。その言葉しか紡げない。

何に謝りたいのか、何を悪いと感じているのかもあやふやだ。

朔は宥めるように奏子の頭を撫でる。

その温かな手のひらが優しければ優しいだけ、言葉にできない感情が満ちていく。

胸から溢れるこころが、透明な雫となって奏子の白い頬を伝っていく。言葉にならないこころが、どんどん零れていく。

朔は奏子の耳元に顔を寄せる。

「今は休め」

その優しい囁きが耳をくすぐったと思った次の瞬間、身体からふわりと力が抜けて、奏子の意識は途切れた。

◇◇◇

奏子が倒れるのを予想していたように受けとめ、横抱きに抱える朔。

「深芳野」

「はい、朔様」

気絶するように眠りについた奏子を抱えながら、朔は低く狐の女の名を呼ぶ。

表情を固くしたシノは、その抑えた声音の裏に潜む感情に息を呑みながら、膝をついた。

「元凶を探れ」

「承知いたしました」

短く応えると、シノは音もなくその場から消えた。

奏子を抱えたまま、朔はその場に佇んでいた。

心を占めるのは、騒動を引き起こした元凶への怒りと、僅かな困惑だった。

何故事実が明るみに出たのだろうか。深芳野もその兄も、統領姫の腹心たることを許された実力者だ。只人に知られるような迂闊《うかつ》な間違いをするとは思わない。

だが、その守りを抜ける者がいた。それは恐らく人間ではない。

悪意ある第三者……気紛れを起こしたあやかしが、いたずらに隠されていたものを抜き出しばら撒いた。それなら、厄介ではあるがまだ救いがある。

そうでないとすると。

事実を明かしたのは深芳野ではない、その兄でもない、ならば。

思いついた可能性に、朔の表情が歪《ゆが》む。その可能性だけは、あってほしくない。けれど――

朔は無言のまま歩き始めた。

まず、奏子を落ち着いた場所で休ませてやらねばならない。外の喧騒は再び大きさを増している。その対応にも行く必要がある。こうなった以上、望にも知らせなければなるまい。

すべきことを考えながら、朔は必死にとある可能性を打ち消していた。

奏子が最も傷つくであろう『それ』だけは現実でなければいい、と願いながら、朔は静かに歩いていった。

第六章　堂々とあれ

それからというもの、眞宮子爵邸の前には度々人だかりができていた。

朔がその都度対応しているらしい。宙を舞う狐火《きつねび》がちらほら見えるのは、天狐として の力を使っている時だろう。対処しても対処しても集ってくる野次馬達に、時折朔が苛立ったような溜息をついているのを知っている。

聞いたところによると、この事件を大きくさせないため、そして原因を探るために望の配下の狐達も駆け回ってくれているらしい。

父も四方八方に手を回し事態の収拾に当たっているが、女流作家を気取るような弁《わきま》えのない娘に育ててしまったのが悪い、と陰口を叩かれているという話だ。

奏子の顔からはすっかり生気が失せていた。

この騒ぎの原因は自分であるのに、自分だけが安全な場所に籠って守られている。何もできず、一日が過ぎるのを待つだけ。

見かねたシノや朔が慰めの言葉をくれるのが申し訳ない。望も頻繁に訪れては、他愛ない話をして元気付けようとしてくれる。

いつかはこんな日が来ると分かっていたはずだ。いや、作品を世に出すことに伴う危険を本当に分かっていたなら、もっと早くに筆を擱《お》くべきだった。

奏子がそれをできなかったために、皆が今苦しんでいる。皆が受けなくてもいい苦痛に疲弊している。

自分が何とかしなければならないのに、こうして苛立ちながら騒ぎを眺めているだけなんて。

責めを負うべきは自分であるはずなのに、誰も自分を責めようとしない。朔も、シノも。あの日以来、父も。使用人達も、誰も。

責めてくれた方が、陰口の一つでも叩いてくれた方が、まだ楽だ。

無意識のうちに握りしめた手に力が籠り、ぽたりと赤い雫が白い肌を伝っている。

だが、物思いに沈む奏子は気付かない。痛みすら感じない。

「何をしている！　手が傷ついているだろう……！」

「……朔……」

不意に力強く手首を取られて、目を見張る視線を向けた先では、朔が顔を歪《ゆが》めて奏子の手を見つめていた。

優しく握る手を感じると、張り詰めていた心が緩みそうになり、唇を噛みしめる。

シノが慌てて薬や包帯の入った箱を持って戻ってくる。

朔はそれを受け取ると、奏子を長椅子に座らせ慎重に手当を始める。その手つきが優しくて、堪えようとしても奏子の目の端には涙が滲《にじ》む。

溢れて落ちそうになった雫を、朔が嘆息しながら指先で拭った。

触れた指先の温もりに、奏子は気付けば大きな声を出していた。

「私の、私のせいなのに……！」

「お前は、何か悪いことをしたのか？」

血を吐くような叫びに返す朔の声音は、あまりに静かで穏やかだった。

取り繕っている様子も、本音を覆い隠している様子もない。本心からそう言っていると伝わってくる。

だからこそ、奏子を苛《さいな》む罪悪感はさらに増す。

「女なのに、小説を書いて。それだけじゃなくて、世間に出して、浮かれて」

女性としての分を弁《わきま》えずに、作家を気取って作品を世に送り出した。求められる姿を取り繕いながら、それに逆らいながら生きてきた。

そのツケを今払っている。いや、それを咎《とが》のない人々に払わせている。

俯く奏子に、それまで黙って聞いていたシノが黙っていられないという様子で口を開いた。

「それなら、お嬢様の作品を持ちだしたのは私です！　責任は私にあります！」

「シノは悪くない！　私が、私が、変な夢を持たなかったら……！」

――私が、小説なんか、書かなかったら。

それが正しいと思うのに、それが今の状況を解決する唯一の方法だったというのに……奏子は口にできなかった。

喉元まできているのに、言葉にできない。何かがそれを拒絶する。それだけは言いたくないと、奏子の中で叫んでいる。

その時、頬に温かな感触があった。

朔が大きな手のひらを奏子の頬に添え、薄い色彩の眼差しに真剣な色を宿して奏子の瞳を覗き込んでいる。

「そんなに容易《たやす》く諦められるものだったのか？　……切り捨てられるものだったのか？　槿花という存在は。お前の作品は」

静かで穏やかだからこそ、なおのこと胸の奥まで響き渡る。

怒りが揺らめいた気がした。朔は怒っているのだろう、奏子に対して。

しかし、その怒りはこの事態を招いたことには向けられていない。

朔は奏子が自分の今までを否定し、そしてこれからを切り捨てようとしたことに怒りを感じている。奏子が好きなものを好きと言えなくなることを怒ってくれている……

「自分で自分を貶《おとし》めるな。自らの手足を切り落とすような真似をしてくれるな……」

眉を寄せながら苦しげに囁く言葉に、奏子は胸が熱くなる。

朔は時折叱りはするけれど、背を押してくれる。そして、守ってくれる。

こんな時でも、決して奏子を咎《とが》めることも否定することもしない。世間で顔を顰《しか》められる行いであろうと、決して。

本心から奏子という一人の人間を肯定してくれる。心があり、自ら考えることができる存在として扱ってくれる。従属物でなく、自尊心を持った確固たる存在であると認めてくれる。

それは、あやかしであるが故の価値観なのかもしれない。けれども、それがあまりにも嬉しくて、切なくて、胸が痛い。

「お前は、ただ自分の好きなことを貫いただけだ。それの何が悪い？」

奏子を見つめる朔の瞳は、とても優しい。

裡にて奏子は呟く。

ああ、自分はなんて幸せなのだろう。好きなものを、好きな世界を、そして奏子自身を。正面から向き合い、認めてくれるひとに出会えるなど。

自ら否定しかけた大切なものを守ってくれる朔。

自分は果報者だと、涙が溢れて止まらない。

触れた手の感触と温もりから、朔の存在を確かに感じ、胸が早鐘を打つ。

ここに朔が居てくれることが幸せで、見つめられることが嬉しくて胸が苦しい。言葉を紡ぎたいのに、様々な感情が綯交《ないま》ぜになって、何一つとして形になって紡げなかった。

包帯を巻かれた手に無意識に力が籠りかけたのを、朔がもう片方の手でそっと止める。

「奏子の手は、物語を紡ぐ手だろう？　傷つけるな」

優しく微笑む朔を見つめながら、奏子は子供のようにこくりと頷いた。

朔は、心配そうな様子で二人を見つめていたシノへ目を向ける。

シノは箱を手にして一礼すると、静かにその場から消えた。

シノが下がり二人となり、無言となった二人の間に沈黙が満ちる。

何か言いたいけれど言葉にならないままの奏子の耳に、不意に低く静かな問いかけが降りてきた。

「どうしたい？」

「え……？」

奏子は思わず目を見張り、朔を注視する。問いかけの意図が分からず、咄嗟に出たのはふわふわとした調子の声だった。

朔は奏子の頬に添えていた手をゆっくり離すと、一呼吸おいて改めて口を開く。

「多少骨は折れるが、騒いでいる連中の記憶を弄ることはできる。この騒動自体をなかったことも可能だ」

朔と望と、もう一人が力を合わせればと、美しい天狐は目を伏せながら呟く。

それは、確かにこの騒動を治める解決策である。全てはなかったことになり、奏子も眞宮家も元通りの穏やかな日々を取り戻す。

明らかになったことを全て再び光の当たらぬ場所へ戻して、元通りに。

「なかったことにして今まで通りを選ぶか。……今を越えて女流作家『槿花』として歩き出すか」

朔は真っ直ぐに奏子を見つめている。

夫に従い控えめであるべき名家の夫人が、職業作家として作品を世に発表していく。

前例のない道なき道を歩く者に、容赦なく逆風は吹き付けるだろう。

それでも進む覚悟があるかを、今、問われている。

進むか、戻るか。

どちらが良いとも悪いとも、朔は言わない。どちらを選んだとしても、朔はその選択を尊重してくれるだろう。

だからこそ、その言葉には深い想いが込められている。問うているのだ、奏子の心が本当に願う先を。

「支えてはやれる。だが、立ち向かうのは奏子自身だ」

夫である朔が矢面に立ち、何を声高に叫んだとしても、それでは今までと変わらない。奏子はあくまで夫に守られたまま、その庇護下で囀《さえず》るだけ。

大事な存在を矢面にさらしながら安全な場所にいる今と何が違うのだろう。

「向かい風は決して弱くはない。けれど、転びそうになった時には支えてやる。手を添えてやる」

己のみを頼り道を切り開けとは言わない。弱音を吐くなとも言わない。

決して一人ではないのだと伝わってくる。立ち向かえというのは、決して一人で戦えという意味ではないのだと。

「たとえ世の全てがお前を責めたとしても、俺だけは必ずお前の側にいる。絶対に、俺は奏子の味方だ」

奏子に向けられる切ない程の眼差しに宿る、確かな意思。これは決して偽りではない、と確信させてくれる強さを持つもの。世界全てが敵になったとしても自分だけは奏子を守る、という眼差しが、纏う雰囲気が、握る手に籠る力が伝えてくる。

優しくても最後の最後で一線を引き続け、一定の距離以上には近づかせなかった仮《かり》初《そめ》の夫が見せてくれる想い。

初めて、朔が真のこころに近づかせてくれたような気がする。

胸の奥から、泉の水が溢れるように何かが湧き出してくる。熱くて、力が満ちてくるような。知らないはずなのに、懐かしいこころが胸を満たし、奏子の背を押す。

「私は」

朔の真剣な眼差しに後押しされるように、奏子は声を絞りだす。掠《かす》れていたけれど、そこには一つの決意が宿っていた。

自分が生み出したものでありながら、取り繕うために表向きは否定してきた作品。間違いなく本当の自分でありながら、世を恐れて否定し続けてきた『私』。

今の自分を自分たらしめる、大事な世界。綴《つづ》る己を後ろめたいと隠しておきたくない。

『私』を、光の中で歩かせたい。

私は、物語を綴《つづ》ることを愛している。私は、この世に送り出した物語を愛している。

愛している物をこれ以上恥じたくない――

奏子は朔を見つめながら、一言一言、噛みしめるように告げた。自分が本当に望む選択を。

「私は、進みたい……！」

透明な雫が目から溢れ、頬に幾筋もの線を描いては落ちていく。

溢れだしたこころは、もう止められない。見なかったことにも、なかったことにもできない。奏子自身、もうそうしたくない。

黙って見つめていた朔はまた指先で涙を拭ってくれる。

そうして、何も言わずに温かな両腕で奏子を抱きしめた――


数日後、とある華族の屋敷で夜会が開かれた。

開化の気風のあるお家らしく、白熱灯に照らされた欧風の宴である。笑いさざめく貴顕淑女は皆揃って西洋の盛装を身に纏う。

人々の口に上る話題は、最近帝都を風靡《ふうび》したあの話題である。

噂の主は、最近社交の席に出るどころか屋敷に籠り切りであるという。やはり女の身でありながら作家を気取っていたことが後ろめたいのだろうと、囁く声には暗い笑いが滲《にじ》んでいる。

申し分のない貴婦人が見せた弱みを、ここぞとばかりに突こうとしているのだ。窘《たしな》めようとする人々もいる。けれども、婦女子の分を弁《わきま》えぬ行いだ。擁護《ようご》の声は弱々しい。

その時、会場にざわめきが走る。動揺は漣《さざなみ》のように人々に伝わり、皆は驚愕しながらある方向を凝視する。

「まあ、眞宮様ご夫婦よ……」

「あんなことがあったのに、このような場所にいらっしゃるなんて……」

煌《きら》びやかな広間に現れたのは、一組の男女である。

蠱惑的ですらある夢のような美貌の男性に、その隣に並んでも遜色《そんしょく》ないうつくしさを持つ女性。

黒の燕尾服の男性——朔は、繊細なレエスが美しい紅のドレスに身を包んだ女性の手を取り歩む。

女性——奏子は朔の隣で、艶《あで》やかに微笑んだ。

先程までそこかしこで囁かれていた噂の主の唐突な登場に、会場の人々の動揺は収まらない。

屋敷に閉じこもっていると言われていたのに、このような公の場に姿を現すなど。

それも、後ろめたい様子のない堂々とした佇まいで。

二人はごく自然な様子で主催である華族へ挨拶を述べた後、居並ぶ人々に朗らかに挨拶していく。

欠片のやましさも感じさせない。周囲の顔色を窺い怯える様子もない。受け答えも歯切れ良く澱《よど》みなく、対する人々の方が動揺して言葉があやふやになっている。

どう対応して良いのか人々が迷う中、ある婦人方が意を決した風に近づいてきた。

ごきげんよう、と挨拶もそこそこに、彼女達は恐る恐るといった様子で切り出した。その瞳に意地の悪い光が宿っているのを奏子は見逃さない。

「奏子様、その……」

「奏子様が、巷《ちまた》で評判の槿花という作家であるという噂は……」

そんな恐ろしいこと嘘ですわよねえ、などと扇で口元を隠しつつ、ご婦人方はあくまで控えめな声音で問いかける。

口元が笑っていますわよ、と心の中で呟きながらも、奏子は迷いなく答えた。

「ええ、事実ですわ」

はっきりと噂は事実だと肯定する奏子に、女性達は信じられないものを見たような表情で絶句する。

彼女達からすれば、噂の内容は恥ずべきこと。それを事実であると語る奏子に、返す言葉がない様子である。

朔は、そんな奏子と婦人方のやり取りを穏やかな表情で見守っている。

何か問題でも？　と逆に問い返す様子を見るに至っては、思わずといった風な笑みが浮かんでいる。

言葉を失っているのは、遠巻きに奏子を揶揄《やゆ》していた人々も同様だった。

非難したくとも、奏子が背筋を伸ばして堂々と立ち、顔には花のような笑みすら浮かべているのを見て、呆気にとられている。

隣の朔も、妻を咎《とが》める気配はない。むしろ、妻の堂々たる様子を微笑ましく見つめているではないか。

その全てが皆にとっては予想外。あってはならないことずくめで、困惑が居並ぶ人々に拡がる。

一人の男性が我に返り、顔に皮肉を滲《にじ》ませながら朔へ声をかけた。

「面倒な……いや、先進的な奥方を持たれると気苦労も多そうですなあ」

男性に揶揄《やゆ》の意図があるのは明らかだ。好意的であると思う余地がない。奏子へ蔑みの眼差しを向けながら、男性は朔が溜息をつきながら同意するのを期待しただろう。

それによって、奏子が立場をなくすのを。

「いいえ全く。奏子は私にはもったいない程聡明で、才能に溢れた素晴らしい妻です」

朔は欠片も動じない。微笑みながら静かに返すだけだった。その口調は朗らかだ。

男性は美貌の主が微笑みながら言ってのけた内容に、一瞬呆ける。

奏子は奏子で、手放しに称賛されるとお世辞でも照れる……という内心を隠し、笑みを湛《たた》えた。

朔は言葉が見つからずに目を白黒させる男性を一瞥すると、迷いのない口調で続けた。

「妻の才を認めるどころか貶《おとし》め風下に置くなど。そんな、己を狭量かつ無能と喧伝するようなこと……恥ずかしくて、私にはできません」

奏子は思わず噴き出しそうになったが、なんとか自制した。

朔も婉曲かと思えばなかなか直球である。

つまり、それができないお前は狭量で無能だ、と揶揄《やゆ》には揶揄《やゆ》を返したのである。

相手は怒るに怒れない。

「いかがなさいました？」

朔が追撃するように問いかけると、男性は適当な言葉で場を濁して二人から離れていく。

奏子と朔は、それを見送ると一つ息をついてお互いの瞳を見つめ、笑みを交わした。

何も恥じることがなければ堂々とあれ。夜会に出向くことを決めた際に、朔が奏子に告げた言葉だ。

微笑み合う若い夫婦があまりに仲睦まじく幸せそうであり、恥じ入る様子もなく堂々たる振舞いをしていることに人々は驚く。

遠巻きにする人々を他所《よそ》に、奏子や眞宮家と親交のあった人々が徐々に彼女達に歩み寄った。彼らは奏子の口から真実を聞きたいと集まってくる。

どのような問いにも、決して言葉を濁すことなく、時として厳しい意見も真摯に受け止めて。奏子は朔の隣で背筋を伸ばして立ちながら、揺らがぬ光を瞳に宿し、誠実に人々の問いかけに応え続けた。

その日の夜会において、一際衆目を集めたのは言うまでもなく眞宮家の若夫婦であった。

そうして奏子が、世に名高い作家の『槿花』であることを正式に認めた報せは瞬く間に帝都に広まったのだった。

夜会の翌日から、眞宮家には降る程の手紙が舞い込むようになった。その大半が茶会などの社交の席への招きである。物見高い人々が、見世物にでもしようというのか、ここぞとばかりに招待状を送ってきたのだ。

奏子はそれを、片っ端から受けた。朔が式神に代理をさせようと提案しても、これは自分が向き合わなければいけないことだと奏子は譲らなかった。

園遊会で、お茶会で、ある時は舞踏会で。

囲まれて質問攻めにあっている時も、悪意を持った囁きを耳にした時も、有閑夫人や令嬢達から咎《とが》めるような視線や殿方達の蔑むような視線を受けても、奏子は決して怯まなかった。

顔を真っ直ぐ上げて毅然とした様は崩さず、背筋を伸ばしたまま立ち続ける。瞳には一欠片の怯えもやましさもない。信じるところを進む人間の強き光があるのみだった。

さらに、取材にも逃げることなく立ち向かった。

奏子は大新聞だけでなく、小新聞の取材も受けた。屋敷の外に陣取る彼らに『お疲れ様です』と女中が茶を出したというのは、何たる余裕と笑いをもって語られた。

醜聞《しゅうぶん》を面白おかしく書き立てる大衆紙も、真っ向勝負で受けられてはあまり囃し立てることもできずに困り顔だった。

女はまだ生きにくい時代の中、恵まれている奥方の道楽よ、と取材記事を読んで顔を顰《しか》める者は多かったが、それ以上にその姿勢に称賛の溜息を零した者は多かったという。

奏子は頼もしいあやかしに力強く支えてもらいながら、一度として俯かずに前を向き続けた。

恥じることなく物語を綴《つづ》り続ける奏子に、少しずつ賛同の声が集まり始める。

その中心となったのは、以前から槿花を信奉していた女性達や、女学校で奏子を取り巻いていた令嬢達だった。

奏子の信奉者であり、かつ槿花の信奉者であった彼女達は「奏子様が槿花先生だったなんて素敵！」「流石《さすが》、奏子様ですわ！」と目を輝かせたらしい。眞宮家に届く郵便物の中には、少女達からの憧憬《どうけい》が籠った文もあった。

もちろん、奏子は槿花として物語を綴《つづ》り世に出すのを止めなかった。

新たに世に出た物語は変わらぬ称賛をもって、いや今まで以上に受け入れられるようになっていった。

奏子に対する非難が完全に止んだわけではないし、顔を顰《しか》める人々がいなくなったわけではない。けれども、毅然として歩み始めた奏子の姿は、少なからぬ人々の心に変化の兆しをもたらしたのだった……。

◇◇◇

騒動が緩やかに収束してきた頃。

離れの居間の長椅子で眠り込んでしまった奏子に、朔が毛布をかけてやる。

社交に次ぐ社交に加えて、休むことなく執筆を続け流石《さすが》に疲れてしまったのだろう。

無防備な寝顔を見せる妻を見守りながら、朔が優しい苦笑いを浮かべていた時だった。

足音が近づいてきて、居間に姿を見せたのは奏子の父だった。

寝入っている娘と、それを見守る婿《むこ》の様子を見て少しばかり表情を緩めた後、一つ息をつく。その眼差しは優しい光を帯びていた。

そして、静かに口を開いた。

「すまなかったな」

「謝るなら奏子に。今回一番大変だったのは彼女です」

義父が紡いだ謝罪の言葉に、眼差しで妻を示しながら朔は答えた。

奏子が事態から逃げることなく立ち向かったため、大騒ぎはおさまり、徐々に平穏が戻りつつあるのだと、朔は眼差しにて告げた
沈黙が満ちた後、何かを思い出す遠い眼差しと共に、父は口を開く。

「君になら話せる……いや、君には話しておきたい」

そこで一度言葉を切り、僅かに生じた逡巡をうち消すように一つ大きく息を吐くと、父は静かに告げた。

「奏子は、田舎の屋敷で暮らしていた頃に『神隠し』にあった」

それは奏子が覚えていない、眞宮家の一大事だった。

遠ざけて田舎に住まわせていた奏子は、ある日屋敷から姿を消したらしい。

人攫《ひとさら》いの仕業かと皆は蒼褪《あおざ》めた。されど誰も怪しい人間の姿を見ておらず、侵入した形跡もない。

遊んでいた道具などはそのまま。争った様子も暴れた形跡もない。奏子だけが忽然と姿を消し、何もかも元のままだった。

人手を増やして近隣を捜して回った。しかし、何の痕跡も見つからなかった。眞宮のお嬢様が神隠しにあった、と鄙の人々は震えながら囁いたという。

「一年ばかり行方知れずになって、私も皆も一度は諦めた。……だが、あの娘は無事に戻ってきた」

野山の散歩から帰ってきたように、ある日奏子は屋敷の前に戻ってきた。

怪我もなく消えた日の姿そのままだったという。健康そのもので、着物には少しの汚れもない。

ただいまと明るく笑いながら言う娘を、報せを受けて駆けつけた父は思わず抱きしめていた。

どこにいたのか、何があったのか覚えていないと娘は話した。けれど、そんなことはもうどうでもよかった。

「遠ざけていて虫の良い話だと思うだろうが、その時ようやく奏子を大事に思っていたことに気付いたのだよ」

妻が命をかけて残した娘。愛する妻の死が娘のせいであると、顔を見るのもつらかったのも事実。

けれども、無邪気な笑顔を見て思い知ったのだ。間違いなく、この娘を愛しているのだと。

そのまま慌ただしく奏子を連れて帰った。それ以上、その地に奏子を置いておきたくなかったから。

連れて帰り、それまでの分を埋めるように奏子を慈《いつく》しみ、愛情を注いだ。それは厳しく、些《いささ》か過保護であったかもしれない。

父は過去を振り返り自省するように一度言葉を切り、少しばかり苦い口調で続ける。

「世間の価値観から外れるのは奏子にとって困難でしかない。恥じることのないものを身に付けさせてやりたい。そう思って厳しくした。だが……」

世は価値観から外れる者に厳しい。

それが女の身であれば尚更だ。だからこそ、奏子には世の女性の規範となり得る教育を施し、そうあれと望んできた。

けれども、奏子は自分の世界を見出し、いつの間にか自分の道を歩き出していた。

逆風が吹き荒ぶとも折れることを知らず、毅然と立ち向かう様を見せたのだ。

娘が己の手を離れたことを、父は知った。

「君になら、奏子を託せる。改めて、奏子を頼む」

父は改めて朔に頭を下げた。娘が手助けを必要とした時、その手を取って支えるのは、もう父の役目ではない。

義父に逆らってでも奏子を守ろうとした、朔の役目なのだ。

今まで導いてきた手を託す時が来たことを、悟ったのだと言う。

それだけ語ると、父は奏子へ視線を向けて、静かにその場を後にした。

残されたのは眠れる奏子と、黙したままの朔。

託すと言われて、朔の心に喜びが生じた。

けれど、自分に苛立ちを覚える。奏子を託されるに値しない男であるのに、それを何故口にできなかったのかと自分を責める。

それは奏子が自分に無防備な笑みを向けることが増える度に生じる葛藤でもあった。

突き離さなければならない。自分が奏子の手をとることは許されない、それでは『あの時』の繰り返しになりかねない。

奏子の人としての幸せを願うなら、誰か相応《ふさわ》しい相手を見つけて、託して……

そう考えて、握りしめる手に力が籠った。唇を噛みしめ、表情が歪《ゆが》む。

嫌だ、絶対に。誰にも渡さない、渡してたまるか。離れられない。忘れられない。

あまりにも自分は奏子に焦がれすぎている。

相反する二つの心が、朔を引き裂き苛《さいな》む。苦悩の濃い表情のまま、朔は奏子の寝顔に色素の薄い眼差しを向ける。

健やかな寝息をたてながら眠る奏子の顔はあどけない。

「変わらない」

哀しげに呟く。

彼女が目を覚ましたら、現《うつつ》へ戻ろう。

一線を引いて、弁《わきま》えて接する。突き離せるように努める。

だからこそ今だけは。せめて、この時だけは独占させてくれと、朔は奏子に寄り添い続けた。

第七章　もう戻らない、戻れない

一頃の騒ぎが嘘のように平穏の只中にある眞宮子爵家。

人々は移り気で、かつての騒ぎも今は昔となっていた。

騒動が鎮まった頃、父は正式に家督を朔へ譲り、当主の立場から退いた。

それ故に朔も奏子も、暫し違う慌ただしさの中にあったが、それもまた緩やかに落ち着き、屋敷は静寂を取り戻していた。

離れの書斎にて、奏子は物思いの表情のまま沈黙を続けていた。

視線の先には、散らばるいくつもの書面や紙片。その中の一つを注視していた奏子の眉間に僅かに皺が寄った瞬間、落ち着いた声音の問いかけが聞こえる。

「……奏子？」

「え……。あ、朔……」

いつの間にか、書斎には夫の姿がある。

驚いた奏子は弾かれたように顔を上げて返す言葉を失う。

集中しすぎていて気付かなかったのか。朔は悪戯に人を驚かす性質ではないから、気配を消していたわけではないだろう。

「考えごとでもしていたのか……？」

「いいえ、違うの。色々集めすぎてしまった、と見ていただけ」

朔の表情が曇るのを見て、奏子はふるふると首を左右に振りながら答える。そして、手元にあった資料や走り書きの紙片などを慌てて片づけ微笑んでみせた。

「何かあったの？」

「ああ。手を出してくれるか」

言われるままに右手を差し出すと、そこへ物語絵のような美しい刺繍《ししゅう》が施された、ごく小さな巾着袋がのせられる。

その袋から微《かす》かに花の香りを感じる。これは香袋だろうか。

「これは……？」

「気休めだが持っていろ」

これは朔の妖力を込めたものであるとのこと。

朔は『沈丁花』、望は『金木犀』など、天狐でも、統領やそれに近い大きな力を持つ者は象徴する『香り』を有するのだという。

妖気を帯びたその香りは、彼らの勢力が及ぶ範囲であることや所有を示すもので、あやかしの気配に敏い者はその香りを感じとれるらしい。

これを持っていれば、朔を知るあやかしが奏子へ無闇な手出しをすることはないだろうと。

朔が彼に縁の守りをくれたということに、ついつい顔が綻《ほころ》んでしまう。

そんな奏子を見て、朔は微笑んだ。いや、微笑みかけた。けれども、すぐに表情を引き締め、顔を背ける。

まるで微笑みかけたことを恥じるような、悔いるような。自分を戒《いまし》めるような朔を見て、奏子はまた見えぬ線を引かれたようで寂しくなる。

しかしそれは口に出さず、ありがとうと礼を述べ、着物の袖口に香袋を入れた。

朔はもう一つ、と言い置いて続ける。

「望が帝都に来るらしい。こちらにも寄ると言っているので、忙しいとは思うが後で顔を見せてやってくれ」

「望様が？　私もお会いしたいわ！」

明るく言葉を返す奏子を見て、ようやく朔は安心した様子で表情を緩める。

奏子は義姉の来訪に心躍る様子を見せながらも、裡では密かに安堵していた。

机の上に広げた資料の中に『それ』があったと朔が気付かなかったことに。

朔とのやり取りから一刻の後、華やかで麗しい義姉が眞宮子爵家を訪れた。

父は不在だったのでそのまま離れへ案内したのだが、ふと奏子は目を瞬かせた。ふわりと金木犀の香りを感じたからだ。

香水かと思いかけた時に、朔が言っていたことを思い出した。確か望の妖力が纏う香りは金木犀であったはず。

つまり、望は今回の訪問に際し、何らかの妖術を使ったということだ。

自分があやかしに敏いとは自覚していなかったが、どうやらそうであるらしい。あるいは、朔と共に暮らすうちにそうなったのかもしれない。

望は手土産として菓子を持参していた。

屋敷の女衆の手作りだというそれは、郷愁を感じさせる懐かしい味だと奏子は思った。小さい頃に食べたような、心が落ち着くような感じがすると伝えると、望はとても嬉しそうに微笑む。

話題は先の事件から、日常の些細な出来事に至るまでと幅広く、茶と菓子を供に話は弾んだ。

興が乗ったらしい望が、朔との仲を問いかけて奏子を驚かせたり、朔が青筋を立てて望に釘を刺そうとしては返り討ちにあったり。それを聞いていたシノが笑いを噛み殺しているのを目ざとく見つけた朔が、シノに恨めしげな視線を送る。そんな朔を見て、今度は奏子が耐えきれずに笑ってしまった。

先だっての騒動の折には想像できなかったような、穏やかで心和む一時となった。

楽しい談話の時から少しして、奏子は書斎に戻る。もう少し話していたかったが、締め切りの近い原稿があることを理由に書斎に引き上げたのだ。

槿花の正体が人々に知られた後、うちでも連載を、という申し込みが相次ぎ嬉しい悲鳴を上げることとなった。

予定を考慮して厳選したが、以前に比べて格段に筆をとる時間は増えている。それに配慮して、朔がさりげなく切り上げてくれたのである。その心遣いをありがたく受け取り、奏子は書斎へ戻ったのだ。

けれど、執筆を理由に書斎に身を置いているが、筆は擱《お》かれたままだ。

机上には、一枚の紙がある。

先程資料と言って一纏めになっている中から取り出したもの……それは小新聞であった。

奏子は、改めて『槿花事件』の発端となった小新聞を見ていたのだ。

そこには奏子が槿花であることを示す証拠となる事象が詳細に挙がっていた。中には、限られた者のみが知ることまで。

それが示す事実を、今まで奏子は見ないようにしてきた。けれども、もうそれはできない。向き合わなければならない。どれ程つらい事実がそこにあったとしても。

この記事が示すもの、それは……

その時、かたり、と窓辺で音がした。

歩み寄って見てみるが、何もない。気のせいかと思いかけた時、それは奏子の視界を過《よぎ》った。

「手紙……？」

窓枠の下に、白い簡素な封筒があった。手に取ると一瞬、ふわりと梔子《くちなし》の香りがする。

誰かが運んできたのだろうか？　シノであれば一声かけてくれるはずだし、そもそもこのようなところに置くわけが……

不思議に思いながら封筒を眺めていた奏子の表情が強張った。

宛名を記した文字に、見覚えがあったからだ。

慌てて封を切ろうとしたせいで、封筒を破りかけた。もどかしい思いと戦いながら取り出した手紙には、簡素な一文だけ。

『いつもの場所で会いましょう』

ただそれだけ。けれど、奏子にはそれだけで充分だった。

差出人の名前はない。

場所も具体的に記されてもない。

けれども、奏子にとっては何よりも雄弁な、残酷な真実の在処だ。

家人に俥《くるま》を出させて、望達と話し込んでいた朔に言伝《ことづて》するのすら忘れて飛び出した。坂の下で車夫に待機するよう半ば言い捨てるように告げると、次の瞬間、駆けだしていた。

坂の上にある公園は、彼女との憩いの場所だった。

出歩くことに厳しい父の目を盗み、シノにねだっては習い事の帰り道にここで待ち合わせた。お互いの物語を読み合い、次はこんな物語を書きたいと創作の話に花を咲かせた。

それはとても幸せな時間だった。彼女には、シノにすら話さなかった槿花の全てを伝えていた。

走り続けて、到達した坂の上。足がもつれて転びかけたのを堪えて、荒い息を整えるように一度立ち止まった。

躊躇《ためら》うように立ち尽くしていたが、やがて一歩踏み出す。ゆっくりと歩みを進めてたどり着いた東屋に、彼女はいた。

奏子の姿を認めると立ち上がり、いつものように穏やかな微笑を浮かべて声をかけてくる。

「来てくれたのね、奏子」

「佳香……」

服の裾を整えながら、記憶にあるものと変わらない笑みを浮かべるのは、奏子の一番の友だった——友のはずだ。

そう、ここで過ごしていた頃と変わらないようでありながら、明らかに何かが違う。底なし沼を前にしたような、どこか不気味で恐ろしさを感じる。

元々そうであったのに気付かなかっただけなのか、それとも。

「槿花先生は忙しいのに、呼びつけてしまってごめんなさいね？」

儚《はかな》いまでの可憐さと落ち着いた佇まいのまま紡がれた言葉に、奏子の表情は固くなる。そこにある暗いものに気付かないわけにはいかない。見ぬふりはもうできない。

「小新聞に話したのは……佳香、あなたなのね？」

「そうよ？　奏子ったら。私以外考えられないじゃない」

奏子が振り絞るように告げた言葉を聞いて、佳香は楽しげに笑っている。

信じたくなかった、友の裏切りを。

いや、裏切りなのだろうか。

いつから裏切られていたのか。それとも最初から？

そうだと思いたくない。微笑みながら過ごした時間すら、嘘だったと思いたくない。容易《たやす》く肯定された最悪の事実に言葉を失っていると、鋭い光が過《よぎ》った。

不気味なくらいに穏やかで、凪《なぎ》のような静けさを思わせる空気を纏い、佳香は微笑んでいる。嫋《たお》やかに淑《しと》やかに、優しく。

その手に、禍々しい鋼の刃を手にしながら。

佳香から微《かす》かに花の香りを感じるけれど、今はそれどころではない。

「ねえ、奏子。お願いだから暴れないでね？　奏子にはひどいことをしたくないの。痛くないように殺してあげるから」

囁く声はその場にそぐわない程優しすぎた。

逃げなければと思うけれど、足が地に縫い留められたように動かない。佳香が手にする刃に赤黒い汚れがあることに気付いて、奏子は愕然とする。

その表情を見て、佳香は何かを察したらしく、ふふ、と笑いを零す。

「出かけたいって言っただけで殴ろうとしてきたの。嫌だから、殺しちゃった」

奏子の蒼褪《あおざ》めた顔から、微《かす》かに残っていた色が消えていく。

佳香が今言ったことを理解できない。だって、それなら佳香はもう。

「人って簡単に死ぬのね。我慢していないで、もっと早くこうすれば良かった」

「佳香……」

信じたい、信じたくない。今、笑いながら自分に刃を向けているのが佳香であると、理解するのを脳が拒絶している。

佳香が既に人を……恐らく夫を殺《あや》めたと、認めたくない。

しかし、このまま逃げずにいれば間違いなく自分は殺されるだろう。動けと己に命じても動けない。理解が追い付かない。

形容しがたい感情が露わになった奏子の表情を見つめて、佳香は歌うように続ける。

「幸せなまま死ねるのは、きっとこの世で一番幸せよ」

陽射しに刃が光る。それは少しずつ近づいている。

佳香が一歩、また一歩とゆっくり歩み寄ってくる。日だまりのようだった微笑みが今は寒々しく、冷たい。

返す言葉が見つからない。血の気が引いた身体は指一本思うように動かせない。

「全てが許されて、全てを得られて。最高の時のまま眠りましょう?」

友の白い指先が奏子の頬に添えられる。労わるように慈《いつく》しむように、その仕草はあまりに優しい。

佳香が刃を手にした腕を振り上げ、そして振り下ろす。

風を斬る音がして、奏子は衝撃を覚悟して目を閉じた。

「……」

気のせいだろうか、力強く温かな腕に包まれている心地がする。否、これは気のせいではない。

「朔！」

いつの間に来たのか。

奏子が驚いて見上げた先には、朔の端整な顔がある。見たことない程余裕のない、急いた様子で奏子を抱えている。

気が付けば奏子は佳香から少し距離を置いた場所に立っていた。恐らく朔が奏子を抱えて跳び退ったのだろう。

「こんな時に一人で出歩くなんて、何を考えているっ……！」

朔は狐の耳も三本の尾も目に見える状態で、実体を伴っている。

腕の温かさに身体の強張りが解けていくのを感じながら、佳香へ眼差しを向ける。

「何だ。奏子もあやかしの力を借りたのね」

佳香が目を丸くして口元に手を当てる。驚いたような響きはあるが、怯える様子も慌てた様子もない。

呟いた言葉に驚愕したのは、むしろ奏子の方である。

今、佳香は奏子『も』と言わなかっただろうか。疑念を込めた視線の先で、佳香は肩を竦《すく》め、溜息と共に続けた。

「彼が念入りに仕掛けてくれたのに、騒ぎが収まるのが早かったと思ったら。おかしいなって思っていたけど……奏子ったら、ずるをしていたのね」

面白くなさそうに呟く佳香は改めて、といった風に朔に向き直る。そして、わざとらしい程礼儀正しく挨拶をした。

「初めまして、奏子の旦那様の狐さん。色々と邪魔してくださってありがとう」

「お前は、奏子の友ではなかったのか？　何故に――」

このような真似を、と朔は続けようとしたのかもしれない。

けれどそれは、突如笑い出した佳香に遮られた。

心の底から面白そうに、けたたましく毒々しい、悪意に満ちた声。

佳香がこんな笑い声をあげるなんて知らなかった。知りたくもなかった。常軌を逸した甲高い笑い声に、奏子は唇を噛みしめる。聞きたくない、見たくない、そう思ってもそれは現実としてそこにある。

朔は怜悧《れいり》な表情を崩さず、目を細めた。

狂気とも言える光を宿した佳香の眼差しと、奏子のそれが交差する。

不意に笑いが止まり、佳香は微《かす》かな笑みを湛《たた》えたまま語り始めた。

「私、小説を書き続けていたの」

奏子は目を見開いた。

佳香は、結婚したら執筆できなくなると諦めていた。その佳香が諦めず夢を綴《つづ》っていたことに驚いたのだ。

「夫は妾の家に入り浸り。私の住む離れには使用人すらまともに寄り付かない。だから、逆に利用してやれ、って思って。流石《さすが》に夜更《ふ》けてからではあったけれど」

逆境を利用したと語る佳香の声は穏やかだった。

息を呑みながら、奏子は佳香の言葉を聞き続ける。

「奏子にも、誰にも見せることはできなかったけど。でも、私は幸せだった」

奏子は僅かに安堵しかけた。閉じられた環境であっても、友は夢を諦めずにいてくれたのだと。胸に明かりが灯りかけたが、すぐに掻き消える。

ならば何故、佳香はここにいる……？

顔色を失ったままの奏子の裡なる問いを察したように、佳香はふわりと微笑んだ。

「でも、全部燃やされちゃった」

佳香の笑顔がかつてと同じ柔らかく、声音が静かすぎて、言われた内容をすぐに理解できなかった。残酷な事実と佳香の様子が離れすぎていて、奏子は目を見開いたまま喘《あえ》ぐように唇を震わせる。

「確かに幸せだったの」

佳香は再び続きを語る。

自分だけの閉じた世界であっても、夢を抱き続けられるだけで嬉しかった。

だが、それはある日破綻する。

その夜、佳香は離れから引きずり出された。

何ごとかと震えていると、目の前には、あろうことか書きためた大事な物語の冊子達が無造作に積み上げてあったという。人目に触れさせず、隠していた佳香の世界がぶちまけられていく。

気が付けば、顔色を失くして座り込む佳香を夫が忌々しげに見つめていた。

「男がいるんじゃないか、って疑ったみたい。……馬鹿な人。自分は好き放題に他所《よそ》に女を囲っているくせに」

夫は、佳香がいつもひどく眠そうな理由を不審に思い、まず身辺を探らせたらしい。そして、離れに向かう世にも稀な美しい男を見たという報告があった。さらには、佳香がほぼ毎晩のように夜更《ふ》けても起きていることを知った夫は、部屋を探させたのだ。居るはずのない間男の痕跡を。

その結果、佳香が書き溜めていた小説が見つかってしまった。

夫は怒りのままに、燃やしてしまえと下男に命じたという。

「燃やさないで、って言いたかったけど、殴られるのが怖くてそれ以上言えなかった」

夫は酔った時に容易《たやす》く佳香に手を上げる。繰り返され続けた痛みを思い出したら、頭を低くして謝罪するしかなかった。

怯えて縮こまる佳香を見下ろしながら、夫は、女房が小説を書いていたと世間に知られたなら笑い者になる、と責め立てた。

その言葉に、奏子の肩が思わず跳ねる。それが女性が小説を書いていることに対する世の一般的な評価であり、先日自分もまた父に頬を打たれた。

夫となったのが朔でなければ、奏子もまた佳香と同じになっていた。決してその境遇も扱いも他人事ではない。

没落した家を救ってやった恩義も忘れて、と夫がわめきたてる中、佳香が綴《つづ》り続けた物語は一つ、また一つと灰になっていった。そう語る佳香の声音は他人事のようで、不気味な程淡々としていた。

「私の小説も、私が実家から持ってきた大切なものも。全部、焔《ほのお》の中」

佳香の世界は蹂躙され、燃やし尽くされた。

燃やされたのは小説だけではない。佳香が嫁ぐ時に持ってきた思い出の品も、筆や帳面まで炎に投じられた。全て焔《ほむら》の中に消えた。

夫は、佳香を罰するために彼女から大事なものを全て奪った。見せしめでもあり、立場を思い知らせるためでもある残酷な仕打ちだった。

「全部、全部、燃えてしまったわ」

夫は、罰として佳香を敷地の隅にある小屋に閉じ込めろと命じて女のもとに消えた。下男達はもはや言葉もなく逆らう気力も潰えた佳香を引きずりながら、佳香に聞かせるように殊更大声で嘲ったという。女なのに文学者気取りと、これだから女が学をつけると碌《ろく》なことがないと。

遠目に感じる使用人達の眼差しや囁きが、お前は罪深い咎人《とが》だと責め立てているように感じ、重く絡みつく鎖のように思った。

「私は、そんなにいけないことをしたのかしら」

首を軽く傾げる佳香に、奏子は掠《かす》れたような呻《うめ》き声しかあげられない。

好きなものを好きでいたかった、日の目を見なくてもせめてそれだけは。自分だけの閉じた世界でも、愛することができたなら。

けれど、それすらも佳香には許されなかった。

「何故願いを抱くことすら、夢を見ることすら罪なのかしら」

問いに対する答えは奏子の裡にもある。奏子の中にも、この時代に生を受けた他の人々の中にも恐らく。それは。

「それは、私が女だからよ」

縁談が持ち上がった時、佳香は嫌だと訴えたかった、と言った。けれども言わなかったという。

言っても無駄だと知っていたからだ。家のため、親に尽くすのは娘の務めと繰り返し続ける父親が、考えを翻《ひるがえ》すとは思わないから。

拒絶したとしても妹が犠牲になるか、はたまた揃って遊郭に売られるかだったろう。女に生まれたことをどれだけ呪ったとしても、世は理不尽に満ちている。

「奏子も、私と同じだったのに。同じに、なるはずだったのに……」

奏子は思わず息を呑んだ。

奏子もまた、この時代に女として生まれ、己の意思を示すことすら許されぬ立場だった。同じ場所に同じようにいた奏子は、佳香と同じく意に沿わぬ結婚をするはずだった。けれど……

「でも、奏子は今、幸せよね？」

夫と仲睦まじいだけでなく、伴侶の理解を得て、今も好きなことを望むように続けている。世に認められ、求められ、人々の心を震わせ続けている。

眩《まばゆ》い程夢の中で輝き続けている。佳香の目には、あるいは第三者の目にはそう映っているらしい。

それは事実ではあるが、真実ではない。

真実を告げるか否かを迷い続ける奏子の裡なる動揺など知らぬ顔で、佳香はなおも話し続ける。

「私は一人、隠れてこそこそと閉じた世界で綴《つづ》ることしかできなくて。それすらも奪われたのに。奏子だけ何も諦めないで、奪われないで、輝き続けて。理不尽なんて知らない顔で」

淡々とした声音の底に潜む、滾《たぎ》るような感情に、奏子は血の気が失せた。澱《よど》みを湛《たた》えて自分を見据えている佳香の瞳が、声にならない叫びをあげている。

同じはずだったのに、一緒のはずだったのに。

理不尽の闇など知らぬ顔で、あなただけが幸せに。あなただけが許されて。あなただけが望むものを全て手にして。あなただけが何も諦めることなく。

許せない、許せない、許せない。妬ましい。狡《ずる》い。憎い。

溢れてしまった感情は、もう蓋をしても隠すことなどできない。

佳香を焼き尽くさんとする黒い焔《ほむら》のような思いの片鱗を見てしまった気がして、奏子の背筋を冷たいものが伝い落ちる。

佳香は笑いながら、まるで歌うように続ける。

「奏子の物語が好きだったのは本当よ。あなたの物語を読んだ人達が夢中になっていたのを見て嬉しかったのも本当」

しかし佳香は、そう思えた理由に気付いてしまった。

「でも、それはいつか終わるものだと思っていたから許せたの」

すう、と佳香の目が細まり、声が僅かばかり低くなる。

どんどん進み輝いていく奏子を見て、負けないと笑えたならきっと良かった。けれどそれができない人間には眩《まばゆ》すぎる。歩き出せない人間にとって、歩き出して新しい場所に至れた人間が輝く様は、どれだけ残酷に映ることか。

でも、どれだけ輝いていても、いつか自分と同じように終わりを迎える日がくる。そう思ったから、佳香は奏子の隣で笑い続けることができた。

しかし、あの日奏子に聞かされたのは衝撃的な事実だった。

奏子は終わるどころか、結婚してもなお、伴侶の理解のもとに夢を抱いて歩み続けていたのだ。

「奏子だけ狡《ずる》いよね、ってあのひとも言ってくれたわ。許せないわよね、って抱きしめてくれた」

「あのひと……？」

「とっても素敵で綺麗な男の人。あなたの旦那様と同じぐらい美しいわ」

微笑みながら言われた言葉には、含みを感じた。それを敢えて明かさずに楽しんでいる響きがある。

慈愛に満ちた微笑みを浮かべていた、花の香りのするひとは佳香を抱きしめてくれた。

そして、歌うように囁いたという。

彼女だけ幸せに。彼女だけ何も諦めずに望むままに生きているのは狡《ずる》い、と。

美しいひとは、佳香を抱きしめながらさらに囁いた。許せないと思うよね？　と。

そして佳香は、自分の本当の心を知る。

「私は気付いたの。友達として応援しながら、本当は奏子が憎かったんだ、って」

自分は友人として応援するふりをしながら、どんどん先へ進み輝く恵まれた友を憎んでいたのだと。祝いを口にしながら、心で呪いを叫んでいたのだと。自分と同じところに堕《お》ちてこいと、いつも願い続けていたのだと……

佳香が静かな微笑とともに語り終え、その場に沈黙が満ちる。

「私を、憎んでいたの？」

奏子は蒼褪《あおざ》めたまま問う。

「ええ、そうよ」

迷いのない肯定の言葉に、奏子の表情が歪《ゆが》む。気付けなかった己に対する後悔と、言葉に潜む昏い友の嘆きに言葉を失う。

「だって、何もかも恵まれて輝いていて。夢を見ることすら許されない存在がいるなんて、これっぽっちも気に留めないで笑っているのだもの」

可憐な微笑を浮かべながら、悪意の棘《とげ》を潜ませて佳香は告げた。

自分は恵まれていた。本来であれば己の望みを主張することなど許されないのは、佳香と同じであったのに。

けれども、奏子はシノに助けられて日の当たらぬ場所で眠るはずだった物語を、世に出し、称賛を得た。

そして、望や朔と出会った。あの天狐の姉弟に出会わなければ、今自分は槿花を捨てることなくこの場に立ってはいなかった。

恵まれていたのだ、多くのものに。身に余る程の幸運に。

「確かに奏子は環境に恵まれたのかもしれない」

黙って二人のやり取りを聞いていた朔が静かに口を開いた。

二人は驚いて朔を見る。

「だが、それでも奏子は自分の意思で選び、逆風があろうと歩き出すと決めた」

その言葉を聞いて、進むか戻るかを問われたあの日のことを奏子は思い出す。決して答えを導かず、どちらを選んでも良いのだと彼は奏子の答えを待ってくれていた。

奏子自身が願う先を選べと、彼は望んでくれた。

「その前だって、踏みだすことを恐れ、一歩も踏み出さずにいたわけではない」

その言葉に、佳香の表情に揺らぎが生じる。底なし沼のように恐ろしいものを秘めながら静謐《せいひつ》を湛《たた》えていた表情にひびが入る。

「何が、分かるの」

あまりに深く暗い響きを帯びた言葉が佳香の口から零れる。ふつふつと煮え滾《たぎ》る激情が溢れ、もう止められない。

「女というだけで抑えつけられて。決めるどころか、選ぶどころか、それを考えることすら奪われるのに」

女は考えるだけの脳を持たぬと貶《おとし》められ、常に男の風下に。それが世の常であり、女達の置かれた環境。

奏子がそれに当てはまらないのは、ただ。

「奏子が運に恵まれただけよ……！」

「奏子の今を『運』で全て片づけるなら、奏子がどうあろうとお前の境遇は変わらなかっただろうな」

ついに堰《せき》は決壊し、佳香の裡に渦巻き滾《たぎ》っていた激情が溢れだす。

その激しさは奏子から言葉も顔色も奪う程。けれども、朔は眉一つ動かさず、冷淡な口調で返す。

「何か一つでも行動したか？　置かれた境遇の中で、自分なりに足掻《あが》いたか？」

理不尽な世の中だから。女は生きづらい世の中だから。言っても無駄だから。

そういうものだから、と抵抗することなく受け入れていた。自分が何かしたところで変わるわけがない、と思って歩みを止めたこころを、朔は鋭い言の葉で貫く。

「絶望する前に、一歩でも進もうとしたか？　一言でも発しようとしたか？」

「だって……言っても、何も……」

反論する佳香の声は震えていた。

反対されて嫌な思いをするから。怒られるから。傷つけられるから。それぐらいなら、何も言わない方がまし。だって何も変わらない。

「境遇に同情する余地はある」

抑えつけられる境遇は多くの女性に共通するもの。多くが同じように有する哀しい鎖。選ぶ余地などなかった。奏子とてそうだ。

「だが、与えられなかった、運に恵まれなかった、だから自分は歩けない。変わらない原因は、全て自分以外」

佳香は何も返すことができず、奏子もまた何も言えない。これ程に鋭く他者を刺す朔を見たことがなかったから。

そして、指摘されたこころは、奏子の中にも確かに存在したものだったから。

美しい天狐と出会うまでは、奏子もまた同じ考えにとらわれ、立ちすくんでいた。

夢を抱き続けたくても許されぬ世の理《ことわり》を理不尽と思っていた。

——ただ一つの、小さな決意を除いて。

「始める前から己の終わりを決めた者に、奏子を批判するなどできない。ましてや、傷つけるなど」

「奏子は何もしなかったじゃない！　ただ協力者に恵まれただけ！　機会に恵まれて、何となくそうしただけ！　いざという時に助けてもらっただけ！」

鋭い舌鋒と、突き刺し穿《うが》つ激しさをもって放たれた佳香の言葉。

「……それだけじゃ、ない……！」

聞いた瞬間、奏子は絞り出すように叫んでいた。

朔も佳香も、呻《うめ》くように言葉を紡ぐ奏子に視線を集中させる。

二人の眼差しを感じながら、ひりつく喉の痛みに耐えながら。奏子は必死に己のこころを紡ぎ始めた。

「私は佳香の言う通りに恵まれていた。朔がいなかったら、って思う。でも、それだけじゃない……！」

今に至る全てを、ただ恵まれただけと片づけては、あまりに悲しすぎる。あの時踏み出した自分の決意を幸運の言葉だけで片づけたくない。始まりの日の決意をなかったことにしたくない。

奏子はその想いを抱えて、一言一言ゆっくりと告げる。

「冊子をシノに渡す時、本当は怖かった。やっぱりやめようかと何度も思った。怖くて、怖くて。……でも」

一歩踏み出した先にある何かを知りたいと。それをこの手で掴みたいと抑えきれない想いがあった。

相反する想いに息すらできないような思いを感じた。だが葛藤の末、奏子はシノへと己の作品を手渡した

踏み出した一歩としては小さかったとしても、あれは奏子にとっては全てを振り絞った一世一代の選択だった。

それだけじゃない、と奏子は呟く。

「それに……小説を世に出すということは自分の身の程を知ることにもなるから」

佳香の暗く冷たい眼差しを感じながら、奏子はゆっくりであっても確かに己の想いを紡いでいく。

「最初にシノに原稿を渡した時も。今だって、本当は怖い」

今だっていつも怖い。自分は紡いだ物語を愛している。けれど他者がそうだとは限らない。

新しい作品を出しても、前の方が良かったと嘲笑される可能性だってある。返るものは礫《つぶて》であり、それは筆を持つ自分を傷つける可能性がある。

破れた夢は元に戻らない。二度と筆を持てぬ程、傷つく可能性だってある。

「怖かった。やめようかとも思った。でも、それでも進みたかった。私の世界が、物語が、そこにあるって知ってほしかった」

人の目に触れないということは、自分以外の誰にもそこにあると認識されぬということ。

創造主である自分さえ、そこにあると知っていればいいとも思う。

しかし、それでは本当に世に存在していると言えるのだろうかと、奏子は思ってしまった。ただ生まれただけの存在にしておきたくないと願ってしまったのだ。

「私の物語を信じたかった」

佳香の表情が歪《ゆが》む。唇を噛みしめ、凄絶な形相で奏子を見据えている。

かつて佳香は作品が人の目に触れるのが怖いと言っていた。夢を見ることすらできなくなると。

それは、奏子とて同じだった。

もしもの夢を見ることすら叶わなくなるのが辛い。身の程を思い知らされて、綴《つづ》ることすらできなくなるかもしれない。

奏子が抱いた思いと、佳香が抱いていた思いは同じだった。違うのは、そこで退いたか、進んだか。

奏子の耳に、学校を去る前に佳香が言ってくれた言葉がふわりと蘇《よみがえ》る。

『奏子は、奏子のままでいてね。好きなことを諦めないあなたでいて』

あの言葉は、どれ程自分に力をくれただろう。

「私だって、怖かった。でも、私は、それでも進みたいと、自分を知りたいと思った。みじめな現実を見ることになったとしても、失ったとしても、打ちのめされても。少しでも踏み出したいって」

いつか終わると知っていても、それでも書き続けた。物語を綴《つづ》ることが好きで、続けたくて、諦めようにも諦めきれなかった。

いつしか奏子の瞳には透明な雫が浮かび頬を伝い、幾粒も落ちていく。

「書き続ける自分を、好きなことを、私の大事な世界を、踏み出すことを、諦めたくなかった……！」

その言葉に打たれたように佳香は表情を変え、目を見開いた。

かつてを思い出したのかもしれないし、違う何かが心を占めたのかもしれない。

一瞬……ほんの僅かな時であったけれど、奏子には見えた。泣きだしそうな佳香の表情が。

表情を歪《ゆが》めた佳香が口を動かそうとした次の瞬間、彼女は頭を振り、奏子に険しい眼差しを向けた。

「それ以上はもういいわ！　なら、夢を見ながら死なせてあげる……！」

ぽたり、と何かが落ちる音がした。

あれは、何。

佳香の瞳から流れ続ける、黒い筋は何？　彼女の身体を喰らうように覆い尽くそうとする黒い影は、まるで悪しき化け物のように見える。

悪い何かが佳香を喰らって、飲み込んで、作り変えようとしている。佳香だったはずの存在はゆらゆらと黒い身体を揺らしながら、刃を手に奏子へにじり寄ってくる。

「……あれは」

掠《かす》れた声で呻《うめ》いた奏子を、朔は己の背に庇う。その朔の手には複雑な術で編まれた刀のような刃があるではないか。

「朔、待って！　あれは佳香なの！」

武器を手に佳香に対峙する朔の意図を感じ取って、奏子は悲鳴のような叫びを上げる。

「堕《お》ちてしまえば、もう人には戻れない。……あの娘は、もう戻れない」

止めてくれと懇願しても、朔は頷かない。返ってきた言葉はあまりにも冷酷だった。

佳香は人ではなくなってしまったのだと、悪いものに堕《お》ちてしまったのだと奏子も気付いていた。けれど佳香なのだ。佳香以外の何物でもないのだ。

それを、朔は。

「おねがい、やめて朔……！」

しがみ付いて止めようとしたけれど、朔は伸ばした腕をすりぬける。指先すら届かない。

叫んだ気がする、涙はもう止められない。

それはもう目の前にある現実だけれど、認めたくない。

朔が、佳香を、殺すなんて――

守られ支えられてばかりで何も返せなかったばかりか、奏子が佳香の裏切りを見ないふりをしていたことが原因で、こんな結末になってしまった。奏子が揺らぐことなく強くあれば、防げたかもしれないのに。

朔が、手が白くなる程強く、刀を握りしめていた。

本意ではないのだ。朔にとっても辛いのだ。だって、朔は命を奪うことを是とする男性ではないのだから。

でも、今。朔は奏子を守るために佳香を手にかけようとしている。

友が人ならざるものに堕《お》ち、命を失おうとしているのが哀しい。それを為すのが自分の夫であるのが哀しい。

誰を憎み、怒り、何に悲しめばいいのか分からず、息が苦しかった。

身体の均衡を崩して倒れ込んだ奏子の視線の先で。
――朔の刀が過《あやま》たず佳香の胸を貫いていた。
悲鳴すら上げられずに、奏子はかろうじて上体を起こす。
震えながら見上げた先。
涙で揺らぐ視界の中で、佳香は笑っていた。
刃を引き抜かれ、咽返《むせかえ》るような血の匂いをまき散らして、紅を、赫《あか》を、その身から
零しながら倒れゆく佳香の顔には――笑みがあった。
滾《たぎ》るような暗い感情に満ちた、凄絶な笑みが。
「あなたから、わたしを、うばってやる」
呻《うめ》き声のような乾いた呟きが、鮮明に奏子の耳に響く。
彼女は奪おうとしている。奏子が大切にしていた友である、佳香自身を。夫が一番
の友を殺した、その事実を最期に遺して。
「これで、あなたと、その人は、もどれない」
ぽたり、赤は拡がり続ける。佳香の命は確実に終焉へ向かっている。
もう戻らない。そう、もう戻れない。
よろめき立ち上がれずに膝を土で汚しながら、這《は》いずるように必死で佳香のもとに進
んだ。目を見開き、落ちる涙を拭わないまま。

けれど辿り着いた先で、佳香は途切れ途切れに呪いを紡ぎ続けている。

「わたしは、あなた達の、ぬけない棘《とげ》」

しあわせな友へ、最期の贈り物。

順風満帆な道行に消えない染みを。消せない陰を。

それは音にならぬ声であったのに、確かに聞こえた気がした。

「もう、前のようには、笑い、あえない……」

佳香の笑いが少しずつ帯びる色を変えていく。凄絶な笑みが彼女の裡の何かを映し出すように複雑で哀しく変化していく。

戸惑いの眼差しの先で、佳香の表情にも何故か同じ感情が滲《にじ》んでいた。彼女の戸惑いの色が濃くなるにつれ、黒い澱《よど》みが徐々に燃え上がるように消えていく。

震えながら伸ばした指先が佳香の頬に触れた時、もはや掠《かす》れて聞き取ることすら難しい程微《かす》かな声が奏子の耳に届いた。

「わたしは、かなこ、に……」

佳香が、その先に何と言おうとしたのか、奏子はついに知ることができなかった。

よしか、と名を呼んでも、もはや応えはない。

かつてを思わせる儚《はかな》げで寂しい表情で、奏子の友は二度と覚めない眠りについていた。

第八章　すれ違うこころ

壮絶な事件から、十日程経った頃。

もはや見慣れた書斎にて、奏子は一人机に向かっていた。

朔は所用があるといって近頃は家を空け気味で、奏子はシノも遠ざけて書斎に籠っている。

重い空気の中、時計が時を刻む音だけが寒々しく響く。

目の前にある原稿用紙は真っ白なまま。執筆のためにここに座っているはずなのにと唇を噛みしめ、何とか筆を手にしようとして……

「……っ！」

鮮烈な紅が蘇《よみがえ》って息を呑む。

何かに弾かれたように、筆を取り落としてしまう。

筆をとることすらできなくなっている。手にしようとすると、途端に目の前に血に塗《まみ》れた佳香の姿が浮かんで放ってしまうのだ。

毛足の長い絨毯《じゅうたん》にころころ転がっていく筆を目で追いながら、奏子は顔を両手で覆う。

あの日、気が付けば奏子は自分の寝室にいた。

いつの間にか気を失ったのを、朔が連れて帰ってくれたのだろう。

佳香はどうなったのかと問うなどできなかった。全て夢であってほしいと願ったが、朔の罪悪感が浮かぶ表情を見ると、現実であったと思わざるを得ない。

そして明けて翌日、佳香の訃報を改めて女中から聞いた。

佳香の死は、ひと時大きな話題となった。

大きな商家の主《あるじ》が亡くなり、それから程なくその妻の遺体も見つかり、事件と騒がれた。

思い余った妻が夫を殺害して、逃げ切れぬと悟って自害したのであろうという見立てとなったらしい。夫は前々から女遊びが激しく、日常的に妻に暴力を振るい、お飾りの妻は耐えていたという証言があり、それが決め手となったようだ。

そう片づけられるように、そして奏子に繋がることのないように、朔が何がしかの手を打ったのだろう。

人の間に、その解釈を疑う者はいない。その場に奏子がいたことを知る者もない。

真実を知るのは、人ならざる世界の者達のみだ。

婚礼の数日前、佳香が祝いを伝えに訪ってくれたことを思い出す。

その際、縁談が本決まりとなったから、これで小説を書くのは終わりになると悲しげに呟いた佳香の顔が忘れられない。

お互い辛いわね、と囁くように零した佳香。

終わりたくなかった。続けたかった。けれどそれは叶わぬ夢と、最後には諦めに辿り着いた。

自分が夢を持ち続けることができたのは、朔がいたからだ。

仮の伴侶であっても、奏子の夢を理解してくれた朔。それだけではなく、協力し後押しまでしてくれた優しいあやかし。

もし朔に出会えなかったら、父が決めた顔も知らぬ男性と結婚していたなら。

それでも諦めず執筆を続けることができたかといえば、自信がない。反対を押し切ってでも進もうとする気概は、果たして自分にあったろうか。

自分は恵まれていたのだと、裡に呟く。それだけではなかったはずとも思うのに。

佳香は自分を憎んでいた。恵まれていただけだと暗い叫び声をあげた。違うと言い返したけれど、本当にそうだったのか。

何を思っても、何を考えても、正しい答えは見つからない。

いつも、儚《はかな》くも優しい笑顔で相談に乗ってくれた佳香はもういない。

記憶に残るのは、全身を赫《あか》に染めて凄絶な笑みを浮かべた彼女の姿。彼女が最期に見せた表情。

そして、自分を守るために佳香を殺したのは他でもない朔。

朔の手を血で染めさせてしまった。様々な感情が浮かんでは消えを繰り返す。

その時、控えめに扉を叩く音がした。

何用かと声をかけると、若い女中が姿を覗かせた。

「あの、お客様がいらしていて……。できれば奥様にお会いしたいとのことです」

「どなた……？」

正直言うと来客など断りたい。しかし、奏子は眞宮家当主の妻であり、夫である朔が不在であれば代わりに対応せねばならない時もある。相手によっては門前払いなどもってのほかということもある。

「異人の女性です。ミス・メイと言えば分かると仰ってました」

思いもよらぬ名前を聞き、奏子は思わず目を瞬かせた。

確かに女学校を退学した後も、一度奏子のことを気にかけて訪れてくれたことがあった。その時は佳香も一緒にいたのだと思い出し、胸に鋭い痛みが走る。

黙り込んでしまった奏子に、奥様？　と女中が戸惑った様子で、応えを求める。

頭を横に振り、何でもないと告げて、応接間に通すように伝える。

何故訪問してきたのかは分からない。それでも、奏子は会いたい、と思ったのだ。

思い出したくないと願いながらも、幸せだった時を知る人に会いたいのかもしれない、と相反する己の心に苦い笑いが零れた。

応接間に足を踏み入れると、ミス・メイが立ち上がり駆け寄ってきた。そして、安堵したように微笑んだ。

光を受けて輝く髪も、慈愛に満ちた宝石のような蒼い瞳も、花のような笑顔も変わらない。かつて佳香と共にこの屋敷を訪れた時と。あの学び舎で二人に話しかけてくれた時と、何一つ。

彼女は佳香の事件を知っているはずだが、そのことについては触れようとしなかった。奏子もまた触れなかった。

恐らく奏子が何かを抱え込んでいると、この敏い女性は気付いているだろう。だからこそ、触れぬ気遣いが今はありがたい。

この人を見る度に感じていた胸のざわめきも、少しばかり和らいだ気がする。

やがて女中が茶と菓子を運んできて、それを喫《きっ》しながら奏子はミス・メイに訪問の理由を尋ねた。

美味しい、と無邪気な笑みを浮かべた女性は、真摯な色を瞳に浮かべて切り出す。

「お願いがあるの。今度、上流のご婦人達が慈善バザーを開催するのだけれど、カナコにも手伝ってもらえないかしら」

バザーでの収益は、貧しい人達への支援に使われるということだ。

西洋では貴婦人が中心になってそのような催しを行っているのを知った篤志家《とくしか》が、欧化政策のために建てられた西洋館において、バザーを行う計画らしい。

その手伝いを奏子にしてほしいとのこと。

できれば英語が堪能で欧化に理解のある、采配に長《た》けた人が欲しい。適した人手が足りないの、というのは全くの嘘というわけではないだろう。

しかし、本当の理由は別のところにあると、奏子は思った。

ミス・メイの微笑みに混じる哀しげな色が、奏子を案じてくれる心を感じさせる。

この女性が、佳香が死んで以来閉じこもりがちだった奏子を気遣ってくれるのが、伝わる。

私の手には余るからお願い、と願う有能な異人の女性に、気が付けば頷いていた。

何故そんなに簡単に頷いたのか分からない。だが、籠っているだけの環境を変えたかったのかもしれない。

ミス・メイの蒼い瞳を見つめていると、するすると心が解けていく心地がして、奏子はもう一度承諾の意を伝える。

ミス・メイが花が咲いたように嬉しそうに微笑むのにつられて、奏子の顔にも笑みが浮かぶ。

友の死から、久方ぶりに笑ったような気がした。

帰宅した朔に、奏子はバザーの件を話した。

暫くはバザーの手伝いに専念したいので、家を空けることが増えると言う奏子を、朔は「そうか」と短く言ったきりで止めなかった。

朔は、決して奏子の方を見ない。

交わることのない眼差しに感じた激しい胸の痛み。それを押し隠すように、許可してくれた礼を述べると、奏子は逃げるようにその場を後にした。

――その背を、朔が何かを必死に飲み込み耐えた表情で見つめていたことに、気付かないまま。


それから暫く、出品の一覧を作ったり、協力してくれる異国の方々の応対をしたり、同時に自身も刺繍《ししゅう》をして出品する品を作るなど奏子は忙しい日々を過ごした。

慌ただしい日々を経て、無事にバザー当日を迎えた。

盛況な会場を見て、安堵の息を吐く奏子。行き交う人々が晴れやかな笑顔で商品を手にとり、順調に寄付をしていくのを見て笑みが浮かぶ。

ふと気配を感じて振りかえると、嬉しそうな笑みを湛《たた》えたミス・メイがいた。

バザーが成功裏に終わりそうなことを二人は良かったと言い合い、会場の様子を並んで眺めていた。

「本当は、お節介だったのではないかと思って、少し怖かったの」

「え……？」

僅かに憂いを帯びた眼差しで告げられ、奏子は目を瞬かせた。

ミス・メイはやや躊躇《ためら》ったようだが、静かに続ける。

「ヨシカのことで、カナコが気落ちしているのではないかと思って……」

ああ、やはりこの麗人は気落ちしている己の気持ちを、少しでも紛らわそうとしてくれたのだ。

全ての人にこのやり方が合っているとは思わない。そっとしておいてほしいと、逆効果になる場合もあるかもしれない。色々思うところはある、でも。

「……ここ数日、忙しくしていて、少し紛れた気がします」

目を伏せながら、奏子はゆっくりと呟いた。気遣ってくれたことが素直に嬉しかったから。

慌ただしく過ごした日々、確かに辛さは僅かであっても紛れていたから――朔とすれ違う日々に、正当な理由を得られたから。

目を伏せたまま物思いに耽《ふけ》りかけた奏子であったが、次の瞬間目を見開く。

滑らかな白い額に、ふわりと優しい感触が触れたからである。

何があったのかすぐに分からなかったけれど、一呼吸おいて事態を把握する。

額に触れた唇の感触に頬を染める奏子。

女性同士と言えどこのような振舞いは……と狼狽《うろた》える様子を見て、ミス・メイは楽しげに笑みを零す。

「ママの……お母さんのキスよ。心を落ち着かせるおまじないと思って頂戴」

むしろ落ち着かないです、と赤い顔のまま奏子は心で呟く。

異人の方のこういうところは、比較的先進的な家で育った奏子とてなかなか馴染《なじ》まない。女性同士だから気にすることもなかろうと思うけれど、動揺してしまうのは無理もない。

何と返せば良いものかと思案していた奏子であるが、ぴくりと動きを止めた。

袂《たもと》から、チリチリと嫌な音がした気がした。

警告するように震えるそれは、奏子が怪訝《けげん》に思い確かめようとすると消えていた。

袂《たもと》をひらひらさせてみるけれど、何も感じない。

(気のせい……?)

「どうしたの?　カナコ」

「いえ、何でもないです……」

きょとんとした表情で問いかけるミス・メイへ、咄嗟に笑顔を作り応える。

先程ミス・メイが近づいた時に、ふわり、微《かす》かに梔子《くちなし》が香った気がする。ああ、そういえば、佳香からも同じ香りを感じたような……？

再び思索に耽《ふけ》りかけると、またも気遣わしげな呼びかけがある。

心の中で首を左右に振り気を取り直して、奏子は改めてミス・メイへ応える。

ううん、今はもうどうでもいい。目の前の女性の笑顔が悲しみを溶かしてくれる。それがとてもありがたい。

ようやく本当に笑みを見せた奏子を見て、ミス・メイは安堵したように胸を撫でおろす。そして、何かに思を馳せるように遠くを見つめながら、ぽつりと呟く。

「私は、カナコを気にしていたわ。もちろん、ヨシカのことも」

学校を去ることのないように願ってはいたけれど、結婚して辞めていくのがこの国における世の倣いであるというなら、それは止められない。それならばせめて、幸せであってくれと願っていたのだという。

「彼女達のように、辛い思いをしていないか。苦しい道を歩いていないか心配で」

彼女達。それは、あの事件の生徒達のことだろうか、と眼差しで問うと是という風な頷きが返ってきた。

刃傷沙汰《にんじょうざた》になったという噂の、痛ましい女生徒達の不祥事。

その時、既にミス・メイは教師として赴任していた。当然その騒ぎについて知っているはずだ。渦中の生徒達との面識があったのなら、衝撃も悲しみも大きかっただろう。

「学校を去ったとしても、あなた達は私にとっては大事な生徒よ。それを忘れないでほしいの」

ミス・メイの顔には、慈愛の母のような微笑みがあった。

奏子は優しさの籠った蒼い瞳を見つめながら、何故この人が苦手だったのかと不思議に思う。

この人はこんなに優しいのに、私達を想ってくれるのに。

心の中に何かが満ちていく不思議な感触は、今の奏子にとって決して不快ではない。何かを伝えたい気がするし、心の奥底で何かが叫んでいる気がする。けれども言葉にならない、それがもどかしい。

また不思議な音がチリチリと鳴っているのは気のせい——

二人の間に満ちていた不思議な沈黙を破ったのは、奏子を捜してきたご婦人の呼びかけだった。

何でも言葉が上手《うま》く通じなくて困っている異人の方がいるらしく、英語に長《た》けた奏子を呼びに来たのだという。

ミス・メイが一緒にいるのを見て渡りに船と喜ぶご婦人を見て、二人は視線を交わして微笑む。

それじゃあもう一仕事ね、と頷き合って、二人はその場を離れた。

結果、慈善バザーは大成功のうちに幕を下ろした。

心地良い疲労で、久方ぶりに心から満足したという吐息を零した奏子。頃合いを見計らったようにシノが迎えにきたので、ミス・メイに礼と挨拶を残して家へ帰ることにした。

美しい異人の女性は、手を振りながらいつまでも奏子の背を見送ってくれた。


その夜、奏子は不思議な夢を見た。

身体が動かない。苦しくて、ひどく寒い。必死に何かを訴えたくても、それすら叶わなくなっていく。

私は、このまま死んじゃうのかな。

冷たくて、寒くて。誰かが呼んでいるけれど、とても遠くて。

私は、死ぬの？　もう一緒には、いられないの……？

「奥様！」

「っ……！　シノ……？」

揺さぶられて重い目を開けると、そこにはシノの心配そうな顔がある。

現《うつつ》ならざるふわふわとした心地で、差し込む朝陽を感じて、起きる時間になったのだと理解する。

身を起こそうとすると、頭が痛み顔を顰《しか》めてしまい、それを見たシノが顔色を変えた。

身を翻《ひるがえ》して人を呼びに走りそうなシノを、大事はないと手で制して、奏子は慎重な仕草で上半身を起こし、次いで寝台から下りる。

頭痛が落ち着いたことを確認すると、なおも眉を寄せたままのシノに微笑んで見せる。

それを見てようやく、シノが安堵の息を吐き、奏子へ問いかけた。

「ひどくうなされておいででしたが……」

「何か、夢を見ていた気がするの……。多分、死ぬ、夢……？」

思い出そうとしても思い出せない。夢とはそういうものであるけれど、心が騒《ざわ》めいて仕方ない。まるでいつかあった出来事のような、現《うつつ》めいた、けれども覚えのない幻のような感覚である。

どのような夢であったか思い出したいが、曖昧《あいまい》な形にしかならない。深い溜息をつきながら、奏子は遠くを見据え独り言ちた。

「覚えていないけど、怖くて哀しかった、気がするわ……」

硝子《がらす》窓の向こうには、晴れやかな蒼い空が広がっているというのに、奏子の心は曇り空だ。

手が届きそうなところに何かがあるのに。もう答えは喉元まで出ているのに、形として紡げない。心はそれに惹きつけられてやまなくて、いけないと思っても考え続けてしまう。

怖くて哀しい、そして。

（ひどく懐かしい気がした……）

心の裡《うち》呟いた言葉は、波紋のように緩やかに消えていった。

すれ違いを生じさせながらも、時の流れは止まることはなく、月日は移ろい続ける。

バザーをきっかけに、ミス・メイとの交流が始まった。

主に手紙のやり取りであるが、彼女が屋敷を訪れることも度々あった。

お守りに、と美しい万年筆を贈ってくれた時は涙ぐみそうになった。

一度母校に招かれ応じると、かつての友達が歓声を上げて取り囲み、楽しそうに会話する奏子達をミス・メイは優しく見守る。

その他では、何がしかの催しに誘い出されることもあり、奏子は笑顔を浮かべることが少しずつ増え、徐々に外へ意識を向けるようになっていた。

けれども、奏子は相変わらず筆を取ることができないままだった。

シノの兄が采配してくれているため、連作の打ち切りなどという事態には陥っていないものの、このままの状態が続けば危機はいずれ訪れよう。

槿花の新作の進みが遅いと、心配そうな声と共に愛読者達の口の端に上り始めた頃。

二人のもとに、金木犀の香りと共に華やかな天狐の統領姫が訪れた。

望は相変わらず朗らかで艶《あで》やかでうつくしい。その笑顔と語られる言の葉には、沈んだ心持ちであっても笑みが浮かぶ。

彼女は、天狐の二人と出会ったあの場所で開かれる夜会に、せっかくなので一緒に行こうと言った。本当は彼女の夫を連れていく予定だったらしいが、都合が悪くなったらしい。

そういえば望の夫には未だに会っていないので、少しばかり残念と思ったがそれは口に出さない。

美女二人を伴えるのだからありがたく思いなさい！　と背中を叩かれた朔は恨めしげに姉を見据えていた。

それを見て、笑ってしまった。

けれど、朔と目が合うと顔を背ける。気まずくて、目を合わせられない。

望がこう言ってくれるのは、恐らく奏子と朔の間がぎくしゃくしているから。気を遣ってくれてのことなのに。

すれ違う二つの眼差しを見つめる望とシノは、哀しげに視線を交わしたのだった。

白い瓦斯《がす》灯に照らされて、吸い込まれるように馬車が敷地内へ入っていく。欧化のために国が威信をかけて建設した西洋館は、相も変わらず威風堂々たる佇まいで見る者を圧倒していた。

奏子が父に連れられて初めて訪れた頃よりは、幾分若い、奏子と同年代の淑女の姿が増えた気がする。それでもまだ、多いと言い切れる数ではない。

人は新しいものを恐れる傾向がある。未知は脅威であり、変化を嫌う者は多い。

数多《あまた》の批判があることは承知の上で、この館の宴は開かれ、人々は集い笑いさざめき、踊るのである。

美しい絹のドレスや礼装を身にまとい、軽やかに滑るごとく広間を行き交う男女を見つめながら、奏子は思索に耽《ふけ》る。

ご婦人方は、今でこそ普通に踊っているように見えるが最初は大変だったらしい。

何せ男女七つにして席を同じくせずという教えで育った方々である。並んで歩くだけでもふしだらと眉を顰《ひそ》められるのに、手をとりあい距離を狭めて踊るなどとんでもない。ましてや未知の存在であった西洋人と踊ることもある。良家の奥方や令嬢にとっては気絶する程恐ろしいことであった。

奏子は女学校でダンスこそ教わったものの、父が比較的欧化や新しいものに寛容でなければ、披露することなく終わっただろう。

社交界で今や注目の的である眞宮子爵夫妻のもとへ、人々が自然と集まり言葉を交わしていく。

槿花の作が止まっていることを心配する婦人方に、奏子はいずれと曖昧《あいまい》に微笑むことしかできなかった。

暫し会話に興じていたものの、踊らぬままでいては不自然と、望に押し出されるように二人は進み出る。

初めて朔の手をとったあの日に感じた仄《ほの》かな温かさを思い出せば思い出す程、朔を遠く感じる。仮初《かりそめ》とはいえ夫婦となって、あの日より間柄は近くなったはずなのに、切ない程遠い。

自分を包むように見守ってくれた朔の目を見つめることすら、今はできない。

あの日のように、朔の瞳に己を見ることは叶わない。

こんなに傍にいるのに、哀しい程遠い。寒くて辛い。

いつかは仮初《かりそめ》の間柄が終わって別れが来ると分かっていたはずなのに。

見守って、支えてくれた朔。時として厳しいけれど、いつも優しくて。

瞳の奥に哀しみを宿した彼の眼差しを感じるだけでとても安心して、けれど何故か鼓動が速くなる。

朔の隣にあるだけで感じる、胸を焦がす想いの正体を知りたいと、奏子はずっと願っていた。

ああ、自分は朔のことを好いているのだと奏子は心の中で嘆息する。

今になってようやく自覚した。この想いこそが、知ることを恐れ、けれど求めていた恋しいと思うこころなのだと。

いつしか傍にいることが当たり前に感じるようになっていて、ずっとこの温かな時間が続けばいいと、我儘にも願っていた。

偽りが真実になればいいと思ってしまった。

愛されたいと願ってしまったからこそ、近づききれない距離が悲しい。いつか終わりがくる仮初《かりそめ》を哀しいと。

その手を血に染めさせたのは、自分なのに――

奏子達が踊る様子を見つめる人々は見事な踊りであると、仲睦まじいお二人だと囁きあう。

けれども、千年を生きる天狐の女性の目には、二人の姿はあまりに哀しく映るのであった。

煌《きら》びやかな夜会から一夜明け、書斎にて白いままの原稿用紙を見つめていた奏子は何かを決めたように立ち上がり、朔のもとへ向かった。

母屋の書斎を使うようになっていた朔は、奏子の訪れに驚いた様子ではあったが、拒みはしなかった。

ただ、互いの目を見ることができないのは変わらぬまま。

言葉も態度も、あれ程打ち解け砕けたやり取りだったのに、今は空虚で他人行儀なものだった。

「田舎に眞宮家所有の屋敷があるので。暫くそちらに滞在したいと……」

「環境を変えるのは、確かに良いかもしれないな。どこにするかは決めているのか？」

奏子は頷きながら答える。

「幼い頃に過ごした想い出の土地に。……気分を変えたいと思って……」

思い出、と称するには正確ではないかもしれない。

奏子はその地で過ごした間の記憶をほとんど覚えていないのだ。

思い出そうとしても蘇《よみがえ》るのは断片的な記憶ばかりで、朧げなものばかり。

一番古い確かな記憶は、父が血相を変えてやってきた時のものだった。

帝都から慌てて飛んできたという父は、何も言わず奏子を強く抱きしめた。そして、奏子を抱え上げると、そのまま帝都に連れて帰ってきた。

それ以来、あの地には足を踏み入れていない。父は、奏子があの地に行くことを恐れているように感じたからだ。うってかわって過保護になった父に逆らってまで、もう一度行きたいとは口にしなかった。

そんなことを思い出しながら、恐る恐る朔の方を見た奏子は思わず目を見張る。

「お前が……あの地、に……?」

鄙の村の名を出して絶句する朔の表情を見て、奏子もまた言葉を失った。

これ程辛く哀しそうな朔を初めて見る。悲しそうで切なくて、焦がれるような縋るような切ない面持ちだった。

本人も無自覚の様子である。万年筆を取り落としたことにも、もしかしたら気付いていないかもしれない。

距離を置くために引かれていた線が、ほんの刹那消失したような、不思議な感覚を覚えた。

奏子は、ふと朔が村の名を出したことに疑問を抱く。

田舎に屋敷がある、とは言ったけれど、何故朔はそれがあの山間《やまあい》の村であると知っているのだろう。眞宮家所有の屋敷ならいくつかある。その全ての場所を把握していても不思議ではないが……

朔は、あの、時の流れから隔絶されたような雰囲気の村を知っているのだろうか。

覚えていないのに、何故か奏子が『しあわせだった』と感じる懐かしい場所を、
知って……？

朔があの場所について口にした瞬間、奏子の脳裏をふわりと過るものがあった。

木漏れ日の森の『おつきさま』。

胸の奥からこみ上げる切なさ。とても慕わしい、愛しいもの。

今の奏子を形作る、彼女の源泉……

遠くからくる追憶のような思索に耽《ふけ》りかけた奏子を、朔の声が現《うつつ》に引き戻す。

朔は少しの間考え込んだものの、了承の意を返したのだ。

朔は、奏子の傍らに控えているシノに視線を向けると、抑えた声音で告げた。

「必要なものと周りの人間は、不自由のないように整えろ」

「承知いたしました」

そして、朔は手元の書類に再び目を落とした。

二人の会話は、それで終わった。

奥様が静養に赴くということで、女中達は旅支度に走り回り、シノは人や馬車や必要な品々の手配を、と奏子が不自由しないように忙しく動き回っていた。

旅支度の仕上げを済ませた奏子は、出立が早朝であるからと、早々に床に就くこと

にした。

眠りにつこうとするけれど、なかなか寝入ることができずに身を翻《ひるがえ》し、また違う方を向いてを繰り返す。

柔らかな敷布を感じながら寝返りを打ち続けていると、少しずつ眠気は訪れるものであり、眠れぬと苦悩しつつもいつしか奏子は眠っていた。

身体を包む感覚は現《うつつ》ならざる曖昧《あいまい》な、夢に揺蕩《たゆた》う心地だった。

夢を見ているのだ、と奏子は思う。夢の中でも寝ているなんて、不思議だわと考えていると寝室の扉が緩やかに開いた。

夢に違いない、そこに朔がいるなんて。そんな切ない眼差しで、私を見つめているなんて。愛しいものを見るような眼差しをしているなんて……

随分幸せな夢だと思った。あまりに幸せで、だからこそ哀しい夢。

朔は奏子の髪を一房、壊れものを扱うように繊細な手つきで取り、そっと口付けた。

朔の口元が微《かす》かに動いた。小さく、短い言葉を口にした気がする。

そして、音も立てずに静かに消えていった。

何という夢なのだろう、と奏子は泣く。願いが夢を綴《つづ》ったのであれば、何と浅ましいのかと自分を責めた。

最初から、仮初《かりそめ》のものだと分かっていた。

朔は言っていたではないか、愛する心算《つもり》はないのだと。
だから、これは夢なのだ。
あいしている、と口にしたなど。
自分が抱いた儚《はかな》い希望が見せた、哀しい幻でしかないのだから……

第九章　懐かしきへ至る道

表向きは体調を崩したため静養するということで、奏子はシノを伴って思い出の地へやってきた。

田舎道は整備が行き届いておらず、馬車で行けたのは途中までで、そこからは歩きとなった。

奥様に歩かせるなど、と出迎えの人間やシノが恐縮するのを手でやんわり制したが、奏子の心はむしろ弾んでいた。

深き緑に淡き翠の樹々、郷愁を誘う彩りの可憐な花が風に揺れ、陽光を受けて煌《きら》めく小川は涼やかな音とともに緩やかに流れる。鄙の地は幼い日のふわりとした思い出と変わらぬ風景のまま、彼女を迎えてくれた。

乳母《うば》は奏子を不憫だと嘆いてくれたけれど、数少ない使用人達は娯楽のない場所での勤めに不満顔だったのは覚えている。自然と彼ら彼女らとの距離は遠くなり、若い者程、嫌々であり仕方ないといった様子を隠さず、心を通わせて会話したことはない。

この屋敷の奥の座敷で、奏子は人形やままごとの道具で、一人遊んでいた。気付けば一人で時間を過ごすことに慣れていた気がする。

何とも味気ないと思うけれど、それでも鄙の地で暮らした日々が奏子に残したのは『楽しかった』という思い。

大切な何かがあった……それなのに、それが何か分からないのは、あまりに切なくもどかしい。

しかし、細い記憶を辿って明確に思い出せるのは、帝都に帰るのだと慌ただしく迎えにきた父の必死な表情だけなのだ。

田舎で静養すると言った時、父はやはり渋い顔をしたらしいが、朔が口添えをしてくれたとシノから聞いた。

気分を変えたかったから、どこでも良かったというのはある。だが、気付けばこの場所を希望していた。奏子の中に何かを残した、この場所を。

あの時、朔が見せた不思議な表情が胸に焼き付いて離れない。

やがて、一行は到着した。

そう長い逗留にはならないと言ったものの、女主人に不自由をさせるわけにはいかぬと荷物はなかなかの大所帯となってしまった。

人をやって先触れをしていたため、ある程度は整えられていたが、シノは到着するなり奏子が少しでも快適に過ごせるようにと部屋を整え、すぐさま荷解きにかかった。

手伝おうと申し出たものの、奥様は休んでいてください、と笑顔で断られてしまった。しかし皆が慌ただしくあれこれと動き回っているのに、一人だけのんびりしているのは申し訳なく感じてしまい身の置き所がない。

そんな時、ふと風を感じて、奏子はそちらへ視線を向ける。縁側へ至る障子戸は開け放たれており、その向こうには風光明媚な景色が広がっている。涼やかな風が吹き抜けるとともに、どこからか高い鳥の囀《さえず》りが聞こえてくるではないか。

何とも心和むと息をつく。久方ぶりに少しだけ肩の力を抜けた気がする。屋敷にいる間、自分は非常に緊張していたことに、ようやく気付く。

だが、温かい陽射しを感じるというのに、それに反してひどく心が寒い。

朔がいないことが寂しいのだ。自分の行いが招いたことであるというのに、哀しくてたまらない。

朔と眼差しを交わすのが怖かった。彼がどんな眼差しで自分を見ているのか知るのが。そこにあるのが拒絶の意思だったなら、奏子を忌避《きひ》する光があったならと思うと、どうしても朔の顔を見ることができなくなっていた。

そして、自然とお互いを避けるようになっていた。

これは逃げだ、と奏子は自嘲する。向き合わなければならないことを置き去りにして、自分だけが自由になれる場所へ逃げ出した。

けれど、逃げられてなどいない。気分は少しばかり変わったけれど、心は今もなお朔のもとにある。

どうしたら償えるのかと、問い続ける声はやまない。どうすれば良かったのか、何が正しかったのか。自分を責め続ける声は決してやむことはない。

その時、畳の上をかける小さな足音が聞こえた気がした。

振り返っても、誰もいない。使用人に小さな童がいるはずもなく、まさか座敷童かしらと笑いながら、ただの気のせいかと思おうとした。

しかし、次の瞬間やはり足音が聞こえる。それも畳を踏む感触と共に、それは奏子の中に響き、蘇《よみがえ》ってくる。

——ああ、走っているのは『私』だ。

美しいものに囲まれた場所を、奏子は誰かを捜して走っている。

優しく苦笑する人々に、どこと問いながら。奏子は座敷を、廊下を、覗いては走っていく。

やがて、見つけた、と小さな奏子の顔が輝いた。

思い切り駆け抜けた先に、誰かが待っている。

とても綺麗なひとと話している、奏子の大好きな男の人。その人は、奏子が走る姿を見かけると苦笑いしながら優しく言うのだ。

『こら、あまり走るな、転ぶぞ』

奏子は返事代わりに、その人に飛びつく。

優しい腕が受け止めてくれて、嬉しくて満面の笑みが零れて……その瞬間、はっと我に返る。不思議な追憶から、首を緩く左右に振りながら現《うつつ》に戻る。

「おかしい……」

奏子は呟いた。あれは誰だったのかと思わず考え込んでしまう。

あれ程奏子が親しみを露わにするのだから、相手は兄かと思った。

だが、兄であるはずがない。彼はこの地を訪れたことも滞在したこともない。

使用人の一人であろうかと思ったけれど、男性の使用人は数える程で、彼らは必要以上に奏子に近づこうとしなかった。

彼と話していた相手も、使用人ではなかったように思える。とても立派な、うつくしい女性だったという気がする。

それに、今のは本当にこの屋敷での思い出だっただろうか。

この建物は大名家だった眞宮の家に相応《ふさわ》しく質実剛健ながら、梁《はり》や柱など細部までこだわって作られている。

だが、奏子が駆けたあの場所は、公家《くげ》の御殿と見紛うような、華やかな設えの屋敷であった。ここではないならば、どこだったのだろう。

そのまま思索に耽《ふけ》りかけたのを、奏子は頭を左右に振って止めた。

かつて奏子がいたのはこの屋敷だ。ここが奏子の世界であり、全てであったのだ。きっと何かの物語と混同しているのだろう、それ以上考えないようにする。

物語と現実、夢と現《うつつ》が、区別できなくなっているのだろう。

分けて考えることができないぐらい、心が弱っているのだろうかと思い、紅の唇からは溜息が漏れる。

夢想を綴《つづ》ることは自分の願いであり、情熱も妄想も自分を動かす原動力であった。

静養に来たのは再び綴《つづ》れるようになるためであったとしても、今は物語を忘れた方がいいのかもしれない。このままでは休まらないし、考えとて纏まらない。

進むことも、退くことも、今のままではできはしない。

シノが呼ぶ声がする。奏子の姿が縁側に出ているのを見つけ、里人が山の菜や果実を差し入れてくれたと知らせた。

それを聞きながら、奏子は静かに室内へ戻っていく。

浮かびかけた哀しい考えを苦々しく思いながら。胸に湧き上がる何かの正体を知りたいと願いながら。

小さな少女の幻のように走ることはなく、見える景色に背を向けた。

◇◇◇

朔は離れの書斎で、無言のまま書類を手にしていた。

彼の仮初《かりそめ》の妻が屋敷を空けて、数日が経った。

家の事業を手伝い、もたらされる社交の誘いに返事を認め、家政がつつがなくあるように采配を振るう。朔の日々はそのようにして過ぎていた。

奏子がいない屋敷は、火が消えたようだと若い女中が言っていた。

明るく穏やかで使用人への気遣いもマメな、猫被りが得意な女主人は、皆の心を捉えていたのだと朔は思う。

槿花のことが露見した時も、驚きの声はあがっても、奏子を批判する者はいなかった。むしろ、私達が奥様をお守りするのよ、と励まし合う声すらあった。

世の価値観に合わぬ道を選ぼうとした奏子を、彼女達も支えているのだ。

奏子は愛されていたのだ、と朔は今つくづく感じている。

そして、自分にとって奏子がどんな存在であったのかも。

奏子は友の死以来、筆を持てなくなった。あれ程愛していた物語を、綴《つづ》ることも読むこともしなくなった。

気を遣わせまいと笑顔を見せるけれど、無理をしていることは見て分かる。

いっそ自分を憎んでほしいとすら思った。憎しみであっても、生きる力となるのであればそれで良いと。

けれども、確か母校にて世話になった異国人の教師との交流が始まったあたりから、少しずつ明るさが戻ってきた。

見知らぬ他者によるものであっても、奏子の気持ちが外へ向きつつあることを感じた矢先、奏子が田舎で静養したいと言ってきた。

離したくなどなかった。

しかし、奏子が自分から何かをしたいと願うのは久しぶりであったから。行きたいと言った先が、あの土地であったから、朔は何も言わずに受け入れた。

もう一度、視線を書斎に巡らせる。

この書斎で目を輝かせ、情熱をもって夢を綴《つづ》り続けた奏子の姿を思い出すと胸が痛む。書斎のそこかしこに、奏子の姿を感じ、知らず知らず唇を噛みしめる。

小さな名残であっても、彼女の気配を感じたいと願う自分を苦く思う。

友の事件がなかったとて、いずれは別れるはずだった。

それなのにいつの間にか、仮初《かりそめ》でなければ良いと、夢が現《うつつ》であってほしいと浅ましくも思ってしまった。

かつて失い、手を離し、友を殺し奏子を泣かせた。傷つけた。どの顔でそのような願いを抱くのか、と朔は己を嫌悪する。嘲笑《あざわら》い、憎悪する。

無言のまま、朔は握りしめた拳を机に叩きつけた。

痛みは感じても、己には生温い。罰せられるべき己には、足りぬと。

ふと、視界の端に何かを感じて見ると、装飾の施された美しい万年筆が転がっていた。恐らくどこかから転げ落ちたのだろう。

見覚えのないそれに首を傾げるものの、奏子のものだろうと朔は僅かにかがむと指を伸ばし……弾かれたように振り払った。

「っ……！　今のは……」

淡い黄金の瞳を見開く朔。全身の毛が逆立った心地がした。

気のせいであるとしてもおかしくない程の刹那。一瞬の後、それは気配すら残さず消え失せた。

しかし、確かに朔は絨毯《じゅうたん》に転がった万年筆に感じたのだ――『梔子《くちなし》』の香りを。香りから繋がる、嗤う男の存在を。

いや、今だけではない。あれは、いつだったかと必死に記憶を手繰る朔。

奏子の友と対峙した時。殺意の緊張に満ちた空間で、刹那とも言えぬ刹那、『梔子《くちなし》』の香りを感じた。

何故それを忘れていたのだろう。己のあまりの手落ちと迂闊《うかつ》さに愕然とする。

朔が沈丁花の香りを己の証とするように、梔子《くちなし》を証とする者がいる。傲岸不遜な笑みを浮かべる、金色の……

まさか、この事件の背後にいるのは。

浮き上がるのは一つの疑念だった。

それが正しければ、全て辻褄《つじつま》が合う。全ての元凶がそれであるなら、ばらばらだった欠片が正しく収まっていく。

鳥の羽が宙を打つ音がして、朔は弾かれたように振り返る。

そこには、かつて屋敷からの伝令を伝えた不可思議の鳥がいつの間にか現れていた。

鳥は朔の腕に留まり、何かを伝えるように羽ばたき続ける。

目を細めてそれを見つめていた朔の表情が目に見えて凍り付く。顔色はもはやないに等しい。

鳥が伝えたのは、妻に従っていた同族の女からの言伝《ことづて》だった。

『招かれざる客あり』

朔は後を誰かに託すことも、外出の意向を伝えることも忘れ、駆けだしていた。

朔が向かった先は、奏子の滞在する田舎——天狐の本拠地がある郷《さと》に近い、鄙の地である。

第十章　梔子《くちなし》が香る

昼餉《ひるげ》の後、奏子は裏手の森を散策していた。日差しは麗《うら》らかで、心地良い風がありとても心地良く感じる。

眼差しの先には、異人の女性の輝くような笑顔がある。鄙には稀な、いや存在するはずのない美しさを誇る洋装の麗人がいた。

そう、ミス・メイが子供のようにはしゃいで無邪気な笑みを奏子に向けている。

予想もしていなかった来訪者を出迎えたのは、今日の朝方のことだ。

ミス・メイは奏子がこの地に静養に向かったと聞いて、見舞いの名目ですぐに追ってきたのだという。

少し顔を見に、というにはあまりに田舎にある土地までよく訪れてくれたものだ。移動とて容易ではないし、かかる時間など言うまでもない。

それでも到着したミス・メイは、驚きをもって出迎えた奏子に、あなたの顔を見られて良かった、と僅かな疲れも感じさせずに微笑んだ。

急な客の訪れに驚いた使用人達はミス・メイの美貌を前に惚けていたが、シノに叱られ支度のために動き出す。

シノは来客に丁寧に接していたが、奏子の目にはいつもより表情や態度が固いように思えた。静養の妨げになる、と心配してくれているのかもしれない。

だが、だからといって追い返すわけにもいかない。今すぐ帰れというのは失礼だし、そもそも帰る手段に事欠く田舎なのだから。

明るく朗らかなミス・メイと過ごす時間は、思いの外楽しく過ぎた。

純粋な和風建築を素敵と喜ぶミス・メイの様子に、奏子の顔にも笑みが浮かぶ。自分でも好ましいと思うものを、誰かが喜んでくれるのは嬉しい。

人に案内を頼み周辺を見て回ってはいたが、特筆する程のものがない土地であったから、すぐに案内人は用を終えて謝礼を貰い帰っていく。

ミス・メイが退屈に感じていないだろうかと懸念したが、田畑の続く風景や農作業の様子を見て目を細めていた彼女は、この国の原風景を見ることができて嬉しいと微笑んでいた。

ただ、気になるのが、シノが影のごとく離れないことだ。

座敷で茶を飲みながら語らっている時も、周囲の水辺や花畑を案内してもらっている時も。シノは、まるでミス・メイと奏子を二人にさせまいと言うように傍にいる。

どうしたのかと奏子は内心首を傾げ、それとなく用事を申しつけたりするけれど、シノは上手《うま》く切り抜けてやはりそこに控えている。

ミス・メイはシノの様子を見ても、母国でも年頃の女性には付添人がつくものだから気にしない、と笑って受け入れていた。

弁当を持参した奏子達は開けた丘の上で昼餉《ひるげ》とした後、小高い場所から目についた森の散策を始めた。

比較的人の出入りがあるようで、森の下草などは刈られ人の手の入った様子がある。

あまり奥には入らぬようにと口を酸っぱくするシノの言葉を聞きながら、奏子が木漏れ日に目を細めた時だった。

にわかに突風が吹いてミス・メイの被っていた帽子が飛んだ。幸い遠くに飛ばされることはなく、少しばかり離れたところに落ちる。

それを見て自ら動こうとした奏子を制したシノが帽子に近づき、拾い上げる。

振り返った時には、もう誰もいなかった。


「ふふ、かくれんぼなんていつぶりかしら」

ほんの少し息を切らせたミス・メイ。

彼女の横に座り込んだ奏子も、若干息が上がっていた。

飛んだ帽子を追いかけてシノが二人から離れた途端、ミス・メイが奏子の手を引いて走り出したのだ。

困惑の声をあげる間もあらばこそ、奏子は森の奥へ入り込んでいた。

そう走ったとは思わないが、シノの影も形もないし、声も聞こえない。

やがて足を止めたミス・メイが柔らかい草の上にふわりと腰を下ろすのを見て、奏子もそれに倣う。

シノを完全に撒いたので、今頃驚いているのではと心配になった。

だが、二人きりになりたかったのよ、と悪戯っぽく微笑むミス・メイに見つめられると不思議と大丈夫と思えてしまう。急に現れてびっくりさせましょう、という彼女には子供のような無邪気さを感じる。

些《いささ》かシノの見張りが過保護に思えていたので、まあいいかと息を吐く。

そして、開けた空間となっているその場を改めて見回す。

高い木々の続く森の中、差し込む木漏れ日を受けて咲く可憐で控えめな花々。重なり合う葉の影、聞こえてくる小鳥のさえずり。時折小さな影が枝を揺らして走っている。あれは栗鼠《りす》であろうか。

森の中の隠れ家のような趣《おもむき》を湛《たた》えた空間で、奏子は深く息を吸い込む。清冽な空気が肺を満たしていく。

なつかしい、と思った。

それは自然なことだと思う、だってこの地は奏子が長い時間を過ごした場所だから。

でも、それだけではないのだ。

胸を締め付けるような何かを感じる。思い出したいのに、それに触れたいのに、届かないもどかしさに思わず眉を寄せた。

誰かと、歩いた。手を引かれて背の高い人と歩いた。転ばぬように気を付けろと声をかけられながら。樹々の間を歩いて、花に、鳥に、目を細めて笑い合った。

とても楽しくて、嬉しくて、しあわせで。

それなのに、思い出そうとすると陽炎《かげろう》のようにそれは消え去り、遠ざかっていく。

風が吹き、樹々を、花々を揺らしていく。思い出しかけた何かを吹き飛ばすように。

「カナコ？　どうしたの？」

「いえ、少し考え事を……」

俯いた奏子を、ミス・メイが覗き込んでいる。その瞳に心配そうな光を感じ、ゆるゆると首を振ったが、口調は弱々しい。

「ヨシカのこと？　……それとも、旦那様のこと？」

違う、と言いかけたけれど、声は出なかった。本当に違うのか、と問いかける誰かがいた気がしたのだ。

頬に白い指が伸びて、輪郭をなぞるように辿る。

慣れない感触に奏子は肩を震わせ、戸惑いの眼差しを向けてしまう。

異国人であるこの人にとっては、取り立てて特別な仕草ではないだろう。特に意味があってしたわけではないはず。それなのに背筋に冷たいものが走る。

いつの間にか葉の間から差していた光が徐々に弱く、陰ってきた。陽が暮れようとしているのだと思って、戻らなければと言おうとする。

次の瞬間だった。

ふわりと柔らかな感触を感じ、ミス・メイが奏子を抱きしめていた。優しく捉える腕に戸惑いが心を占め、言葉すら出てこない。

女性同士なのに何をそんなに動揺しているの、と奏子は自分を叱咤する。

これは多分、お姉様との恋物語などを綴《つづ》りすぎたせいで、おかしな妄想が先だっているのではないか。

落ち着け、と自分を裡にて叱りつける。そんなことを考えている場合か、これは物語ではないのだと。

ミス・メイの腕に左程力は籠っていないのに、何故か抜け出せない。細い指が頭を撫で、髪を梳いている。

香水と思しき花の香りが鼻をくすぐる。

「忘れてしまいなさい、薄情な夫のことなんて」

違う、と奏子は心の中で叫んでいた。

朔は薄情なんかじゃない。優しすぎるぐらい優しいのに。喉に何かが張り付いたように、声が出せない。

頭に触れる手つきはとても優しくて、母が子供にするような仕草。

それなのに、何故胸が騒《ざわ》めくのか。ふつふつと恐れが湧き上がるのか。

以前この女性に感じていた苦手意識が蘇《よみがえ》る。聞こえる言葉が脳を痺れさせ、じわりじわりと沁み込んでくるような心地がした。

怖いと思うのだ。撫でる手は優しいのに、包む腕は広く温かいのに……

ふと、チリチリと何かが鳴っている気がする。花の香と温もりにぼんやりとしつつある奏子に警告し、現《うつつ》に留めようとする。

熱を感じ始めた袂《たもと》に、白い手が伸びるのが視界の隅に映った。

触れないで、と思う。思うのに言葉として紡げない。ただ見つめるだけ。

奏子の中で焦りとも不安とも、戸惑いとも言いようのない感情が湧き上がる。

子供をあやすようでもあり、愛を囁くようでもある不思議な声音で、異国の麗人が歌うように語る言葉を奏子の耳が捉えたのは、その時だった。

「そう、忘れてしまいなさい、友を奪った人殺しなんて……」

奏子は瞬時に、突き飛ばすようにミス・メイから離れた。どこにそんな力が残っていたのか、と自分でも不思議に思う程の力で異人の女性の身体を押していた。

ミス・メイは倒れこむことこそ避けたものの、茫然とした様子で、蒼い目を丸くして奏子を見つめている。

「……なんで、人殺し、なんて言うの？」

ふらつきながら立ち上がり、掠《かす》れた声で奏子は絞り出すように言う。

「佳香が、殺されたなんて。何で、あなたが知っているの……？」

評したのだ――朔を、佳香の命を奪った人殺しであると。

確かにあの日、佳香を殺したのは朔である。

しかし、何故それをあの場にいなかったこの女性が口にするのか。佳香の死は自死ということになっているのに。

疑いと警戒の眼差しで目の前の女性を見つめながら、一歩また一歩と距離を取る。

ふらつきながらも立ち上がった金色の麗人は哀しげに表情を歪《ゆが》めて、口を開きかけた。そして奏子に手を伸ばした瞬間。

激しい音と火花が生じ、手が弾かれ、ミス・メイが後退った。

今のは一体、と今度は奏子が目を丸くする。

チリチリと、一際音が強く感じるその出どころに気付いて、奏子は袂《たもと》からそれを取り出す。

沈丁花の香る小さな香袋。朔が持っていろと言って渡してくれた、彼のこころが籠ったお守りだ。

仄《ほの》かに熱を持つこれが警戒するように音を鳴らし、奏子の明確な拒絶の意思を感じ、相手を弾いたのだと気付く。

かなり激しい音がしたし、火花も見えた。弾かれた手にはかなりの痛みが生じたのではないかと奏子は顔を強ばらせる。

だが次の瞬間、破裂するように響き始めた楽しげな笑い声が耳に飛び込んできた。

「あいつめ……。結局のところ独占欲の塊じゃないか」

「ミス・メイ……？」

澄ました顔をして、やっぱり、と涙を滲《にじ》ませながら、腹を抱えて彼女は笑っている。

平素は気品のある、慎ましやかな微笑みや笑い声しか立てないのに、今の彼女には麗《うら》らかな雰囲気や包み込むような慈愛を感じられない。愉快でたまらないといった笑い声には悪意しかない。

女性にしては些《いささ》か豪快なのではと思う笑い声をあげながら、ミス・メイは納得した風に頷いている。

この人は誰なのだ、と愕然として凝視してしまう。

姿かたちは全く変わっていない。金色の髪に蒼い瞳をもつ、美しい女性のままだ。

けれども、奏子の目にはその姿が歪《ゆが》み、揺らいで見える。とても歪で、醜悪に見えている。

もう隠しようがない程、梔子《くちなし》が香っている。

「あなた、は……」

「もうそろそろ、この外見も飽きた。それなりに綺麗にはしたけど、美人は三日で飽きるっていうしね」

目の前の相手の発した声が空々しく響く。

この人は誰。いや、このひと？

目の前にいる存在は、人、なのだろうか。

口の中がからからに渇いて痛い。唇をわななかせながら、せめぎ合う考えと心に何一つ言葉を紡げずにいる奏子を見て、ミス・メイは艶《あで》やかに笑って見せた。

「そろそろ、安いお芝居は終わりにしようか」

梔子《くちなし》の香りが伴う突風が生じ、それは樹々を揺らし、花を散らしながら駆け抜ける。

奏子は咄嗟に目を瞑り、なぎ倒されないように必死で地を踏みしめた。

奏子が恐る恐る目を開いた時、もう美しいお雇い外国人は存在しなかった。

数多《あまた》の感情に揺れる黒瞳の先で笑うのは……一人の『男』だった。

女性的な雰囲気の、蠱惑的な笑みを浮かべる圧倒的な美貌の主。蜂蜜色の緩やかに波打つ髪は光を弾いて、黄玉の瞳は笑っている。

けれど、与える印象は酷薄だった。

お雇い外国人の女性に似ていながらも、別人の男がそこにいる。

男の容貌の中で一際目を引くのは、左目を切り裂くように走る無惨な傷痕。恐らく左目は潰れているだろう。

他が完璧な調和を描くだけに、それはひどく印象に残る。それに。

「……あやかし……天、狐……」

奏子の声は、掠《かす》れていた。

震える眼差しの先にある艶《あで》やかで美しい男は、ぴんと立つ耳と、豊かな毛並みの尾を有していた。

奏子の夫と同じ狐の耳と、義姉と同じ四本の尾。

天狐の特徴を隠すことなく示す男は優雅で享楽的な微笑みを浮かべている。

強張った表情のまま凍りついてしまった奏子と、それをさも面白そうに見つめる天狐の男。

沈黙が横たわる二人の間を、風が通った。

遠くに聞こえた鳥の囀《さえず》りはすっかり止まって、時折感じた小動物の気配も消えている。陽の光は少しずつ茜に染まりつつある。

やがて来るのは逢魔時――

「何で、人に……異人の、女性になんて化けて……」

「新しい学校ができたらしいって聞いて。単なる新しい遊びの心算《つもり》だった」

途切れ途切れに紡いだ問いかけに返ってきた答えに奏子は顔をしかめた。

あやかしが人に化けることはある。朔だって今は人間の振りをして生活しているし、望も屋敷を訪れる時は人を装う。

しかし、この男が意図するところは、良くない目的だと確信した。案の定、返答は碌《ろく》でもないものである。

ミス・メイだった男は蜂蜜色の髪を揺らして、肩を竦《すく》めながら口の端を歪《ゆが》める。

「深窓の令嬢はお雇い外国人のお姉様に、弱いみたいでね。気位の高いお嬢様達が面白いぐらい簡単に落ちる」

まさか、と奏子は目を見張った。

かつて奏子が通っていた学び舎で起きた不祥事。あのバザーの日に悔恨を込めた様子で『ミス・メイ』が口にした、あの事件。

「女性同士の道ならぬ恋も、彼女達には耐えがたい魅力だったみたいだし」

やはり、と奏子は唇を噛みしめた。相次いで女生徒が退学になった事件の元凶とも言えるのが、この男であったことを知る。

この男は、異国の麗人の皮を被って少女達に近づき、言葉巧みにその心を操り、堕としていったのだろう。同性として相談に乗るふりをして、少女達をどんどん道ならぬ方向へ誘導していったのだろう。

それをよくも哀しげに語ることができたものだと睨みつけると、男は酷薄な笑みを深くする。

「それなりに面白い遊びだったけど、もう潮時かなって思っていた」

普段制約だらけの生を生きるやんごとなき令嬢達は、親身に相談に乗るふりをして、少しばかり共感に誘惑を滲《にじ》ませてやるだけで彼の言葉に己を委ねる。

ただ、些《いささ》か呆気なさすぎた。容易《たやす》く手折ることのできる花に価値はない。

元より飽きやすく気まぐれな性質であるならば、遊びに興味をなくすのもまた早かった。

それまでの前身たる学び舎から、新しきものへ変わったのを良い機会として、そろそろ去ろうかと思案していたのだという。

「そんな時に、奏子を見つけた」

玩具を見つけた子供のような輝きが、不意に男の黄玉に宿る。

舞い散る桜の下、学び舎に足を踏み入れた初々しい生徒達の中に、男は奏子を見出した。

蒼褪《あおざ》め唇を噛みしめ、それでも必死に怯えを隠そうとする奏子を見ながら、男の楽しげな語りは続く。

「驚いたよ。生きていたんだ、ってね」

それを聞いて、奏子は思わず目を見張る。

つまり、男は、奏子が女学校に入学する前から知っていたということであり、奏子の死を確信していたということ。

奏子の記憶を辿っても、この男に見覚えはない。もしかしたら、その時も人に化けていたのかもしれないけれど。それに、多少の怪我や病はしたが、生死の境を彷徨うことはなかったはずだ。

思索に耽《ふけ》りかけた奏子の眼差しの先には、男の不敵な笑みがある。

「奏子は手強かったな。押しても引いても全然落ちなくて。俺のことを無意識に警戒していたし」

奏子は美しい異国人の教師を何故か苦手にしていた。

優しくしてくれるのに申し訳ないと思っていたけれど、苦手意識は消えず、共にいると無意識のうちに緊張してしまっていた。

今なら分かる気がする。奏子はどこかで感じていたのかもしれない。この美しいひとが『悪いもの』であると。

だから作り上げた令嬢としての振舞いを崩さず、常に一定の距離を保ち続けた。

男は大きく溜息をついて肩を竦《すく》めて見せる。

「あの子が死んでようやく近づけたぐらいだ」

「……佳香の、こと……？」

「そう。奏子の一番大事なお友達の佳香」

茫然とした呟きに返されたのは、悪意の棘《とげ》に彩られた言葉。奏子の顔色がさらに蒼《あお》褪《ざ》める。

人ならざるものに堕《お》ちて奏子に憎悪をぶつけ、最期は朔の手にかかって死んだ佳香。

男はつまらないもののように、佳香の名を呼ぶ。それが奏子の裡に火花を呼んだ。

「あの子は不遇だったからか、手なづけ始めたらすぐ転げ落ちたよ」

将を射んと欲すれば先ず馬を射よ、なんて言うよねと明るく言う男に黒い感情が募っていく。

「嫁がされた相手はお約束のように碌《ろく》でもない男。案の定、粗末に扱われて。そこに優しい憧れのミス・メイが登場したら、後はもう簡単。ああ、可哀そうに」

白々しく言う男の顔から笑みが消えることはない。取り留めない世間話でもするように、あくまで明るく朗らかに語り続ける。

また火花が散る。火花は小さな火種となり、徐々に奏子の裡へ拡がっていく。

「とてもよく耳を傾けてくれたよ。深い暗闇に自分から落ちていってくれた」

家の奴に入れ知恵したら、面白いように話が進んだ。

その言葉と、奏子が佳香から聞いたことから、一つの推測が浮かぶ。

佳香が大事に書きためていた物語、彼女が大事に秘めていたたった一つの希望。それが露見し焼き払われたのは、この男が裏で仕組んだのではと。

真っ向から眼差しがぶつかると、まるで奏子の疑念を読み取ったかのように男は口の端を吊り上げる。

それが、奏子には肯定の意思に見えた。

奏子の大切な友をこの男は利用した。

奏子に近づくため、奏子の心を揺らすため。

佳香は言っていた。『奏子もあやかしの力を借りたのね』と。

次いで、佳香が口にした言葉も蘇《よみがえ》る。

『とっても素敵で綺麗な男の人。あなたの旦那様と同じぐらい美しいわ』

彼女の含みのある言葉が示していたもの。

この男こそが、佳香の背後にいたあやかしなのだ。

佳香はきっと関わるうちに、憧れのミス・メイの正体を知った。知ってもなお、人ならざる存在に救いを見出してしまった。

この男は佳香に近づいて、囁いて、彼女を惑わせた。苦しい状況にあることにつけこんで、彼女を闇に取り込んだ。

佳香はこの男のせいで愛した世界を失い、全てを暗い感情で塗りつぶされ、人ならざるものへ堕《お》ちていった。

そして、あの日奏子に刃を向けたのだ。

「朔が余計な真似をしなければ、もうちょっと手駒として使えたんだけどなあ」

昔からあいつは面倒だから、と嘯《うそぶ》く相手に唇を震わせながら、奏子は凝視し続ける。

もはや燃え広がる焰《ほむら》を抑えることができない。焼き尽くさんとする激情のままに叫んだ。

「朔を悪く言わないで！　あなたなんか、あなたなんか……！」

「俺なんか、何？　もしかして、また朔の方が優れているって言うのかな？」

「っ……！」

息苦しさを感じて呻《うめ》く。

一瞬のうちに距離を詰めた男が、奏子の細い喉元を片手で掴んでいた。

その気になれば首をへし折ることとて容易《たやす》いのだろう。

この男にとって朔と比べられることは外面を取り繕えなくなる程耐えられないことらしい。

息を求めて喘《あえ》ぎながらも、奏子は男を睨み続ける。

険しい眼差しの先、残った一つの目に底知れぬ暗いものを宿して男は告げる。

「そんなに、また死にたいんだ。奏子は自殺願望でもあるのかな？」

そんなものあるわけがない。そう言ってやりたくても声が出ない。息ができず、ただ苦しい。

苦痛に顔を歪《ゆが》める奏子を、愉悦をもって見つめながら男はさらに続ける。

「生きていたことに驚いたって言っただろ？　奏子は『あの時』に」

その瞬間、不意に奏子の首をしめていた手から解放される。

反動でその場に転がるようにして倒れ、激しく咳込んだ。ようやく戻ってきた喉の自由に、落ち着いて息をしようとしてもままならず、呼吸は荒い。

それでも何とか顔をあげると、人影が一つ増えているではないか。

「奥様、遅くなりまして申し訳ございません」

「シノ……？」

先程撒いてしまい、はぐれてしまったシノが、奏子を庇うようにして立っている。

見たこともない程に険しく殺意に満ちた表情で、黄金色の男を睨み据えていた。

奏子を困惑させたのは、その表情だけではない。

シノが両手に二振りの短刀を構えていることもそうであるし。何より。

「シノ……も？　シノも、狐……？」

長年仕えてくれた、馴染《なじ》みの女中に狐の耳と尻尾が見えるのだ。

朔や望とは、毛の色味も違うし、本数も異なるけれど。

最初こそ、空気を欠いていたための幻かと思ったけれど、違うのだ。耳も尾も、間違いなく存在している。

姉とも思っていた最も信頼する彼女もまた、あやかしであったのだ。

毛を逆立てた獣のように敵意を露わに立ちはだかるシノに視線を向けながら、男は嘲笑《あざわら》う。

「ようやく追い付いたのか？　全く、頼りになる女中だな」

「どなたかが面倒な結界を張られたようですので」

「へえ、誰だろうな？」

笑いを堪えきれないといった様子の男に、冷静なシノの言葉が返る。

男はおかしくてしかたないといった様子で笑い続けた。笑いを噛み殺しながら、男はシノに語りかける。

「久しいな、深芳野」

「あなたに気安く名前を呼ばれる覚えはございません」

聞き慣れぬ名で男はシノを呼ぶ。だがシノは取り付く島もない。

本心から嫌悪している様子を見て、男は鼻で笑って見せた。

「屋敷で俺と接触していながら気付けなかった能無しの癖に」

シノを包む怒気がさらに増す。けれど、それを爆発させることはない。静かに男を見据え、シノは耐えている。

シノの背を見上げながら、奏子は震える声で問う。

分からないことや、目を疑うことだらけではあるけれど、一つずつ現実を確かめるために。

「シノ……あいつは……？」

「一族のはぐれ者です」

男の出方を窺い、一瞬とて隙を晒さぬように張りつめた面持ちのまま、シノは低い声で答えた。

そこには男への敵意のほかに、深く暗い感情が籠っている。

憎悪、殺意……そして、悔恨。

「そうだ、奏子は覚えていないのだから、ちゃんと名乗らないとね」

腹が立つ程軽やかな笑い声と共に、男はわざとらしく礼を取りながら告げる。それは優雅で美しく、ひどく恐れを呼び覚ます所作であった。

隻眼の男は残る瞳を奏子に据えながら告げた。

「俺は初魄《しょはく》。そいつの言う通り、はぐれ者の天狐だよ」

現実とは思えない程に衝撃的なことなのに、何故か違和感を覚えない自分に奏子は戸惑う。

耳と尾をもつシノを近くで見ていた気がする。笑う恐ろしい男を見たことがある気がする。

覚えがないというのに、奏子の裡に刻まれている記憶がある。

扉の隙間から垣間見える何か、それにもどかしさを覚える間も、初魄とシノは対峙し続けていた。

「ここでお帰りになると言うならば」

「見逃すって？　お前が俺を？」

感情を抑えて告げるシノに返るのは嘲笑だった。

シノは努めて冷静であろうとしているようだが、その結果は捗々しくない。声の端に、仕草に、初魄への憎悪が滲《にじ》んでいて、それは相手の言葉一つで容易に膨れ上がる。

「お前の方こそ。奏子を置いて逃げるっていうなら、見逃してやってもいいんだぞ」

初魄はシノを見下している。

確かに初魄の方が有する力は強いのだろう。それは肌で感じることができる。

「お断りいたします」

シノの声音は固いが迷いはない。絶対にそれだけはしないという強い意思を感じる。

呆れた様子で肩を竦《すく》める初魄を真っ向から見据えながらシノは続けた。

「わたくしは奏子様を守り抜けという命を受けております」

それは誰の命なのだろうか、明言はされていないけれど分かる気がした。

言葉は少なくとも奏子を支え守り続けてくれた、彼女の仮初《かりそめ》の夫となってくれた彼——

無意識のうちに手に力が籠る。

「望の腹心とはいえ、お前が俺に勝てると思っているのか？」

「わたくしは役割を全うするだけです」

初魄を包む空気が剣呑なものを帯びる。

それはシノも感じているのだろう。彼女を取り巻く空気もまたそれに応じるように緊張を増していく。

「お前が守りに長《た》けているのは知っている。だが、それで俺をどうにかできるとでも？」

初魄は瞳に肉食の獣の残虐さを宿し、獰猛さを滲《にじ》ませる笑いを浮かべて告げる。

言葉の終わりと、初魄が禍々しい光の奔流を放ったのと、それを遮る燐光を帯びる透明な壁が生じたのは同時だった。

空気を震わせて伝わる衝撃に思わず息を呑み、シノの背の着物を掴む奏子。

シノは、安心させるように奏子に微笑むと、すぐに初魄を睨み据える。

「ああ、これはなかなかの防御だな。……逃げられないけどね」

褒める口調も、揶揄《やゆ》の意図が籠っている。

口の端を歪《ゆが》め初魄が手を振ると、新たな光が守りの壁に襲いかかる。

空気を揺らす振動は感じるものの、壁に綻《ほころ》びはない。

シノが優れた守りの術者であるというのは、確かなのだろう。

だがしかし、一ところに守りを敷いている今の状態では逃げられない。その場から動くことすらできない。

対して初魄はこともなげに手を振るだけで、次から次に攻撃を繰り出している。

シノとて無限に妖術を行使し続けられるわけではないだろう。ならば、このまま攻められ続ければ、いずれは……

初魄は笑いながら、また新たに術を編んでいる。

編み上げては壁にぶつける、それを繰り返す。加減してみせたり、全力であったり。

諦めたように見せかけた瞬間に不意に全力であったりと緩急をつけ、猫が鼠をいたぶるように攻撃が繰り出された。

明らかに初魄はこの状況を愉しんでいる。シノが守りに徹している状況を嗤い、自らの力を見せつけることを楽しんでいる。

いずれシノが限界を迎える時を待っている。

シノの背にしがみつくようにしている奏子は気が気ではない。伝わってくるのだ、シノが徐々に疲弊している気配が。

表情を強ばらせながら着物を握る手に力を込めた奏子を振り返り、シノは笑った。

「大丈夫でございます、奥様。……もう少しですから」

シノは優しい声音で奏子に言った。

安心させるように、いつもと同じ笑みを見せながら、奏子を守るために不可議な壁を巡らせ続ける。

シノの顔色は蒼褪《あおざ》めていて、頬を伝う汗は増えている。それなのにシノは決して顔を歪《ゆが》めない。奏子に不安を与えまいと笑っている。

壁は次第に、衝撃に輪郭を揺らすことが増えている。けれども、シノは歯を食いしばってそれを押し返し続けた。

攻撃の手は休まることはないというのに、男には疲れは見られない。いずれくるシノの限界を、残虐な喜びを宿して待っている。

果てない攻防が続いた気がした。

いつまで続くのだろう、いつまで続けられるのだろう。

そう、奏子が眉を寄せた瞬間、ぴしりとひびが入るような音がした。

うねるような力の奔流を受けた箇所に小さな亀裂が生じている。

シノは努めて冷静であろうとしているけれど、表情に焦りが滲《にじ》む。

それを見た初魄が愉しそうに残虐に目を輝かせて、手を振り上げた。

その瞬間だった、大きな何かが初魄に襲いかかったのは。

「……間に合ったようです」

シノは辛うじてといった様子で笑みを浮かべる。

「え……？」

澄んだ音を立てて、守りの壁が割れるように消失する。

奏子は、目の前の光景を見て茫然とした。

巨大な獣が初魄を押し倒し、その喉首に喰いつかんとしている。それはこの世ならざる大きな狐で、その尾は三本で……

「朔……!?」

奏子が叫ぶのと、初魄が攻撃を繰り出したのはほぼ同時だった。

狐はそれを避けて跳び退き、初魄も瞬時に起き上がると後ろに跳んで距離を取る。

美しい狐はまるで奇術のように、美貌の男に姿を変えた。

奏子の夫である、朔の姿に。

シノは安堵の息をつくとその場に膝をつき、奏子は慌てて傍らにしゃがみ込み様子を窺う。

大丈夫ですと安心させるように呟くシノの顔色は白いけれど、表情は穏やかであり、誇らしげである。

シノの見据える先へ奏子も眼差しを向ける。

そこには、美貌の狐の男達が対峙する光景があった。

「何で帝都にいるはずのお前がここに……！」

表情を歪《ゆが》めて初魄が呻《うめ》くように言う。そこには忌々しさと敵意が現れていた。

けれどもそれは朔も同じ。むしろ朔の端整な顔に浮かぶ暗い感情の方が、憎悪を帯びて強い。

「呼ばれてもいないお雇い外国人が押しかけてきたので、朔様にご連絡しただけです」

唇を噛みしめて悔しげな初魄に、シノは冷静に告げた。

美しいが同時に警戒心を抱かせる異国の女に疑念を抱いていた、と。

そして、招かれざる客としてこの地に現れた段階で、それは確信に変わった。

だからこそシノは朔へすぐに伝えたのだ。なかなか尻尾を掴ませぬ不届きな狐が、奏子の前に現れた、と。

「だから申し上げました。役割を全うするだけだと……時間稼ぎとしての、役割を」

シノは朔が駆け付けることを察していた。だから、朔が到着するまで時を稼ぐことに専念した。

逃げたとしても相手は追ってくる、逃げ切れる勝算は決して高くない。それならば、力強い戦力が到着するまで、悟らせぬように時間を稼ぐ。

そしてそれは、成功した。シノは賭けに勝ったのである。

「奏子、無事か……？」

シノを支えながら座り込んでいた奏子に朔が問う。冷静であろうとしているけれども、奏子の身を痛い程に案じる心と、焦がれるような響きは隠しきれない。

「ええ……シノが守ってくれたから……」

朔の姿を見て僅かであるが緊張が解けた奏子は、シノへ視線を向けつつ応え、朔は静かにシノを労う。

「よくやった、深芳野」

「もったいないお言葉です、朔様」

シノが膝をついてその言葉に応じた時、棘《とげ》を纏った言葉が響いた。

「成程。無能は一応取り消してやるか」

初魄は吐き捨てるように言うと、朔に向き直る。

「朔、久しぶりだな。『あの時』以来か」

「……よくも臆面もなく姿を現せたものだ」

腹が立つ程に朗らかな笑みと口調で言う初魄に対し、朔は欠片の好意も笑みもない。

言葉の端々に嫌悪と憎悪が煮えたぎっている。

奏子は目の前の出来事に、理解が追いつかない。けれども、朔が初魄に相当深い何かを抱いているのだけは伝わってきた。

「そのうち姿を現してやるつもりではあった。この目の礼もしてやりたかったから」

初魄は無惨につぶれた方の目に手をやりながら表情を歪《ゆが》める。

奏子は目を見開いた。

初魄の瞳を奪ったのは朔なのか。朔が理由なくそのような乱暴な振舞いに及ぶわけがない。それならば一体何があったというのだ。朔が他者を害する程の何が――

初魄がゆるりと奏子へ視線を向けたなら、朔は身構えたまま間に立つ。

その背中は、決して初魄の目に奏子を入れまいとするようであり、奏子に初魄を見せまいとするようであった。

「お前のその顔。……必死だな『あの時』みたいに」

嘲笑《あざわら》う初魄の笑みにも声にも、煮えたぎるような怒りと憎悪が見え始める。

「……あの時……？」

奏子は呟く。袂《たもと》にある香り袋が、ちりちりと音を立てている。
恐らく朔が初魄の片目を奪った時。朔が理性を失う程の怒りに支配された時。
怒りに身をゆだねる男達は、それぞれの妖力を表す花の香りを纏っている。
（私は、知っている……！）
沈丁花と梔子《くちなし》の香りが薫る光景が、奏子の記憶の扉を開けたのだ。

第十一章　奏子と『おつきさま』

——おつきさま、と奏子は呟いた。

何て綺麗なひとなのだろう、と小さな奏子は息をするのも忘れて見入っていた。

穴が開くのではないかと思う程見つめてから、そのひとに狐の耳と尻尾があることに気付いた。

光を透かすと銀にも見えそうな淡い金色の、豊かで艶《あで》やかな毛並みを誇る四本の尾。

触ってみたいと目を輝かせている奏子を、狐のひとは困ったように見ている。

夜空に優しく光る月のようだと思った。

狐のひとは、朔と名乗った。

怯えて逃げるだろうと思っていた子供が、目を輝かせて自分に見入っていることに驚いたと後に語っていた。

朔は、それから度々奏子に会いに森に現れるようになった。

朔の姿を見つけた奏子が、一目散に駆けていくと苦笑いしながら朔は受け止めてくれる。

手を引かれながら森を歩いた。腕に抱かれ、高い梢《こずえ》にある鳥の巣を見てはしゃいだ。名もしらぬ花や不意に姿を見せる小動物に喜びながら、共に過ごした。

子供の相手などつまらなかっただろうに、朔は嫌な顔をせずに、むしろ優しい笑みを浮かべて奏子と過ごしてくれた。

奏子にとって、しあわせに満ちた時間だった。

ある日、奏子は奥座敷で一人遊んでいた。

この人形は名人の手によるものらしいが、奏子にはよく分からない。

ただ、人形やままごとの道具を、つまらなそうにぼんやり見つめているだけだった。

その時、気遣わしげな声がしたのだ。

『退屈そうだな』

俯いて表情を失くしていた奏子の顔に、一気に笑顔が拡がり瞳に光が戻る。

そこには美しい狐の青年がいて、奏子を覗き込んでいた。

『朔！　来てくれたの？』

『ここ数日いつもの場所に来ないから、気になって様子を見に来た』

奏子しかいなかった座敷に、いつの間にか朔が音もなく現れていた。

騒ぎとなっていないのを見ると、どうやら誰にも気付かれることなく忍び込んだのだろうか。

奏子はここのところ、いつもの場所に行けなかった。それで心配してわざわざ足を運んでくれたのだ。奏子の顔に満面の笑みが浮かぶ。

しかし、次の瞬間それに陰りが生じる。

『具合でも悪くしたのか？』

『ううん。……違う』

額に手を触れつつ問う朔の言葉を聞いて、困ったような様子で奏子は俯いた。

奏子は一瞬躊躇《ためら》ったけれど、ぽつりぽつりと理由を説明し始める。

『出歩いて、あんまり手間をかけさせないで、って言われたから』

『親に言われたのか……？』

奏子が首を左右に振ると、朔の表情にさらに疑問の色が濃くなる。

『奏子は、要らない子だから。育ててもらえるだけでありがたいことなのに、皆を困らせたら駄目なの』

『何……？』

いつも言われていることだから、つらくなんかない。

そう自分に言い聞かせていても、涙がこみ上げてくる。泣いてはいけないのに。泣いて良い立場ではないのに。

『奏子はお母様を殺したの。奏子を産んだせいで、お母様は死んでしまったの』

母体が危ないと言われ、父は子を諦めようとしたらしい。けれども頑として母はそれを受け入れず奏子を世に送り出し、亡くなった。

それは聞こえよがしに何度も語られた過去の悲劇だった。

『だから、お父様も、みんなも。奏子のことが嫌いなの』

父は母を深く愛していたから、それは嘆き悲しんだらしい。

妻が命がけで遺した子と思えども、その死の原因と思えば厭《いと》う気持ちがある。手元に起きたくないという父の意向を受けて、奏子は赤子の頃からこの地で暮らしていた。

何の娯楽もなければ、何をするにしても不便な田舎である。奏子の面倒を見るために遣わされている使用人達は面白いはずもない。

乳母《うば》は奏子に同情してくれたけれど、その他の使用人達は己の不遇の原因として奏子を疎んだ。

直接虐げるような真似は無論しない。けれども態度も何もかも冷淡であり、おざなりであり、遠巻きなのだ。優しく触れてくれる者などいない。誰かと目を合わせることも、話すこともない。世話をしてもらえないことはない。けれど必要最低限だけ。

だからこそ、朔と出会えて嬉しかった。美しい狐の男性は奏子を確かにそこにいる者として、目を見て話してくれる。

奏子は胸が明るくて温かいもので一杯になるぐらい嬉しかったのだ。

突然ふわりと奏子の身体が宙に浮いた。

驚いて見てみると、奏子は朔に抱きかかえられていた。

『気付かれないうちに出て、帰ってくればいいのだろう？』

『うん！』

朔は外に連れ出してくれると言うのだ。

陰っていた奏子の表情に光が戻ってくる。

奏子を抱きかかえた朔は、特に身を潜める様子もなく悠々と廊下を歩いて外へ向かう。人と行き違っても誰も二人に気付かないし不審に思う様子もない。

奏子はそれが楽しくて、朔に抱き着いたままクスクスと笑っていた。

程なく外へ出るというあたりに、若い女中達が立ち話をしているのが見えた。

奏子は朔の衣を掴む手に力を込めた。使用人の中でも意地悪く、苦手に思っていた二人だからだ。

『お嬢様は大人しくしていた？』

『さっき見かけた時は座敷でお人形遊びしていたわ』

『全く、外を出歩くなんて余計なことを覚えて、手間をかけさせて』

刺々しい声音を隠そうともせず、二人は大げさな溜息をついて肩を竦《すく》める。

そんな二人に朔が向ける眼差しは冷ややかであった。

朔がいることに全く気付かない女中達は、さらに続ける。

『こんな田舎で暮らさなきゃいけない身にもなってほしいわよ』

『本当よね。本邸にいる人達が羨ましいわ』

若い女ざかりの時を、このような鄙で過ごしているのであれば不平とて言いたくなるだろう。わざとらしい溜息交じりの女達の陰口は、止まることを知らない。

『奏子様を見るだけで辛いというなら、いっそ養子に出してしまえばいいのに』

『そうそう、要らないっていうなら、くれてやればいいのよ』

こんなところで飼い殺しにしていないで、と意地悪い笑みを浮かべた片方が言った瞬間、奏子を抱く朔の手に力が籠った。

痛いわけではなかったが、どうしたのだろうと朔を見上げた瞬間。

『なら、そうするとしよう』

『え……？』

朔が呟いた言葉に奏子は首を傾げる。どういう意味であるかを理解できずに、瞬きしながら朔を凝視した。

奏子の顔を覗き込み視線を合わせながら、朔は言う。

『奴らが要らぬというなら、俺が貰う。奏子は俺と来るのは嫌か？』

ここから朔と共に行けるということなのだろうか。朔とずっと一緒にいられる……?

『ううん!　私も朔と一緒がいい!』

もしかしてと抱いた願いが叶うと知り、思わず朔の首に抱き着いた。

ここにいる間、奏子は一人だった。

けれど、これからは朔と一緒に居られるのだ。嬉しくてたまらない。ずっと温かくて幸せでいられると思うと胸が一杯になる。

朔は目を細めて笑う奏子を見つめていたが、止めていた歩みを再開して静かに屋敷を出た。

座敷には、人形やままごと道具だけが、主が遊んでいたそのままの状態で取り残されていた……

『犬や猫の子供じゃないのだから、要らないからと言ってもらってくるのはいかがなものかと……』

次の古い記憶は、溜息をついているシノの姿だった。

シノは、突然人間の子供……奏子を連れて狐の一族の屋敷に帰った朔に驚き、事情を聞いた途端、深々と溜息をついて肩を落とした。

対する朔は全く動じる様子がなく、引け目を感じている様子もない。

そんな朔を見て、シノの溜息はさらに深くなる。

シノがさらに何か言おうとし、皆の耳に飛び込んできたのは、朗らかで優しい女性の声だった。

『あらあら、いいじゃない。私は可愛い妹が欲しかったのよ！』

『望様！』

美々しい衣裳が調和する、朔とは違った雰囲気のうつくしいひとだと感じた。

朔が静かな月夜の静謐《せいひつ》の美しさなら、爛漫花盛りの華やいだうつくしさ。二人並ぶと何と綺麗なのだろう。

思わず見惚れた奏子を見て、望は優しく微笑むと、シノを言い含めていた。どうやら偉いひとである望が歓迎してくれていること、シノとて拒絶しているわけではないことは感じ取れた。

仕方ありませんね、と苦笑するシノを見て、朔と奏子は目を見合わせて笑った。

朔が人間の子供を連れ帰ったという報せは、すぐ狐達に知れ渡った。

奏子はすぐに屋敷の狐達に馴染《なじ》んだ。

人の子供に興味を持ちながらも遠巻きにしていた狐達は、左程時を置かずに奏子に構うようになる。最初こそ恐る恐るだったが、狐達は皆優しく世話焼きだった。そのうち競うように奏子の世話をするようになった。

ここでは禁じられていた、思うままに駆け回ることも、笑うこともはしゃぐことも許されるのだと奏子は知った。

いつしか、奏子が楽しそうに笑いながら駆け回り、それを狐達が微笑み見守る光景が、屋敷の日常となっていった。奏子は屋敷の一員として受け入れられたのだ。

屋敷に迎え入れられた人の子供は、統領姫の弟に特に懐いている、と狐達は囁き合った。

奏子は何かにつけて朔の後をついて回り、朔の傍にいたがった。その姿が見えないと、どこと言いながらあちこち捜して回り、姿を見つけると駆け寄ってその腕に飛び込んでいく。

朔が何ごとかに取り組み座していると、その背に寄りかかるようにして傍にいる。所用にて朔が屋敷を空ければ、唇を噛みしめて耐えながら、屋敷の玄関にて日がな一日待ち続けている。シノが止めても朔が帰るまではと待ち続け、いつしか眠ってしまい、朔が見つけることも多々あった。

それを見る朔の表情は平素の怜悧《れいり》な雰囲気ではなく、優しい慈《いつく》しみに満ちたものだ、と皆は微笑みながら語っていた。

奏子は朔と離れていることを嫌がるため、そのうち朔は所用にも奏子を連れて赴くことが増えた。狐以外のあやかしにも出会い、皆朔が人の子供を連れていることに大層驚いた。けれども、朔が奏子を深い情をもって宝のように扱う様子を見て、笑みを浮かべていたのである。

数多《あまた》のあやかしに出会い、それぞれに理《ことわり》と世界を持つことを知った。

奏子が物語を綴《つづ》る源泉は、そこにあったのだと思う。

源泉といえば、もう一つあった。

ある日、青筋を立てた朔が奏子を抱えて望につめ寄っていた。

『望！　奏子に何を見せた！』

『いやね、そんな怖い顔をしないで頂戴。秘蔵の絵草紙をいくつか見せただけじゃない』

奏子は朔が何を怒っているのかさっぱり見当がつかない。

望に沢山美しい絵草紙を見せてもらい、語ってもらった。その感想を朔に伝えただけなのだが、それを聞いた朔は奏子を抱えると望のもとへ駆けだしていたのだ。

『おかげで奏子が、お兄様同士の恋物語も素敵などと言い出しただろうが！』

『あらあら、将来有望だわ！』

『あのね、お姉様同士のお話も好き』

『奏子！』

怒鳴る朔に対して、望は朗らかに喜びを露わにしている。すると朔はさらに青筋を立てて叫んでいる。

奏子が感想を述べると、朔の怒りの叫びがさらに増えた。

そう、望は耽美《たんび》な禁断の恋の物語をいくつも見せてくれたのだ。

奏子はそれに大層胸の高鳴りを覚えたし、素敵だと思った。

何故朔がこのように血相を変えているのか、奏子は全く理解できずに首を傾げてしまう。

確かにシノが、これは奏子様には些《いささ》か早いのでは、と言っていたような気がするが、望は気にしていなかったから奏子も気にしなかった。

あの幼き日に体験したときめきが、その後の奏子を形作った源泉の一つであったのだろう。

多くを与え、学ばせ、愛し慈《いつく》しんでくれた朔。

奏子にとって朔は兄であり、父であり、それ以上の存在だった。誰よりも特別で大切で、言葉で言い表せない大事な、奏子の『世界』だった。

狐の女達の中で、朔を見て頬を染める者が多いことを奏子は知っていた。

朔はさして気にした風はないが、その光景を見る度に奏子は何とも言えぬ心持ちになった。

狐の女達は皆揃ってとても美しい。それに加えて彼女達は朔に釣り合う妙齢の姿なのである。

己を省みて憮然とした。

ある時、それを朔が見とがめて、どうしたと問いかけてきた。

誤魔化そうとしたものの、朔に隠しごとのできない奏子である。素直に胸の裡を吐き出した。

黙って聞いていた朔は、奏子を抱き上げて顔を覗き込むと溜息をついた。

『つまり、妬いたということか』

そうなのだろう、と拗《す》ねた表情で奏子は頷く。

これが好いている、ということなのだと、今更ながらに気付く。

照れたような、拗《す》ねたような、とても複雑な表情で黙り込んでしまった奏子を見て苦笑いを浮かべながら朔は言った。

『奏子は俺にとって特別だ。どうすれば伝わるだろうな』

唸りながら、真面目な表情で朔は考え込んでいる。そして、不安そうに眺める奏子を再び見据え、表情を明るくして口を開いた。

『俺の嫁になるか？』

唯一人の特別な存在だと示すために嫁に、と言う朔に、奏子は驚いて目を見開いた。

とても嬉しくてすぐにでも頷きそうになるけれど、それではいけない。

小さな奏子とて、伴侶を選ぶのはとても重大だと分かる。朔にとって大切なことなのだから、と奏子は眉を寄せておずおずと問いかける。

『私まだ小さいから。朔と全然釣り合わないわ』

『なら少し待つだけだ。十年もすれば年頃になるだろう?』

暗い表情のまま呟いた奏子に、朔はあくまで落ち着いた様子で返す。

奏子の表情が一気に輝く。

『十年も待ってくれるの?』

『あやかしには、十年なんて待つうちに入らん』

頬を紅潮させながら驚いたように叫ぶ奏子を見て、朔は優しく笑う。抱き上げてくれる腕に優しい力が籠るのを感じた。

『十年たって大きくなって、それでも気持ちが変わらないなら嫁にしてやる』

『本当⁉』

言い聞かせるように重ねられた言葉に、奏子は嬉しくなって朔に抱き着いた。

朔が大好きで、それだけじゃない、それ以上で。胸が一杯になって苦しいけれど、とても幸せだと奏子は思った。

朔は言っていた。一途に無邪気に向けられる、全幅の信頼と愛情がこんなに温かなものとは思わなかったと。

寂しいわけではないけれど、奏子が向けるこころは朔がそれまで知らなかったものだと。

思うまま愛することができて、愛を返してくれる奏子をいつしか手放し難いと思っていたと。

幼い奏子には、朔の言うことは難しくて分からなかった。

けれども、朔と一緒にいられるというのだけは分かり、幸せだった。笑みに笑顔が返ることが嬉しくてたまらなかった。

早く大きくなるから、絶対綺麗になるから。

そう言ってはしゃぐ奏子を、朔は優しく見守ってくれた。

この日々がずっと続いていくと思い、胸の中が明るいもので満ちていく気がした。

奏子が狐の屋敷で暮らすようになって、一年程経った頃だった。

何かが久方ぶりに姿を見せた、という女達の恐れ交じりの囁きを耳にして、奏子が首を傾げることが増えていたある日。

『へえ……。お前が朔が連れてきたっていう、人間の小娘か』

無邪気で朗らかな声音と、残虐に輝く両の瞳を持つ男の酷薄な笑みは魂に恐怖と共に刻まれている。

男は初魄という名だった。

初魄は己の力と美貌に自信を持ち自尊心が高く、はぐれ者であり、郷《さと》を離れて諸国をさすらっていた。長《おさ》の弟であり何かと衆目を集め頼りにされる朔を一方的に目の敵にしていることを、周囲の言葉から察した。

凍り付いてしまった奏子の側で、狐の女達は初魄に何故ここに、と非難の言葉を投げつけている。その声は怯えを孕《はら》んで弱々しい。震えを押し隠している様子すらあった。

初魄は、そんな女達を手の一薙《な》ぎで吹き飛ばし愉悦交じりに言った。

『あいつがそんなに大事にしているというなら、俺がもらっていく』

初魄はそう言うと、暴れる奏子をいとも容易《たやす》く抱えあげた。

朔に一泡吹かせてやれる機会とでも思ったのだろう。初魄はそのまま奏子を攫った。

気が付けば、郷《さと》に近い森の中。連れ去られた先、珍しい動物でも見るような好奇の眼差しで見下ろす初魄を、奏子は精一杯の強さで睨みつけた。

怯えていると悟られたくなくて強がる奏子を、あの男は嘲笑しながら見据えた。怖い癖に、と揶揄《からか》う初魄に奏子は叫んだ。

『あなたなんか怖くない！　もうすぐ朔が来るから！　あなたなんかより、朔の方がずっと強いもの！』

それを聞いた瞬間、空気の密度が増した気がした。

苦しいと呟いた直後に、奏子の身体は離れたところにある樹に叩きつけられた。体中が軋んだ気がして、全身に叫ぶことすらできない痛みが走る。

しかし、叫べない理由はそれだけではなかった。

涙が滲《にじ》んで歪《ゆが》んだ眼差しの先、美しい男が醜悪な表情を浮かべて奏子を睨み据えている。そして初魄は奏子の喉元を掴み、幹に奏子の小さな体を押し付ける。

『俺より朔が優れていると言いたいのか』

喉を絞め付けられて苦しく、初魄が纏う怒気に呼応して周辺に漂う妖気が密度を増す。

『許しを乞え』

そう告げる男に、それだけは絶対嫌だと掠《かす》れていく意識の中で思った時、首の圧が消失し、奏子の身体は宙に投げ出された。

落ちる、と思った次の瞬間、温かい感触が自分を包み、支えてくれた。

朔だ、と奏子は思った。この温もりは、力強くて頼もしい腕は、間違いなく大好きな天狐だ。

『奏子っ！』

『朔……？』

奏子を呼ぶ朔の悲痛な声が聞こえる。それを鎮めるシノの声もした。ああ、シノも来てくれたのだ。

苦痛に呻《うめ》く初魄の声がする。目が、と聞こえた気がする。

確かめたくても、奏子にはできない。だって。

『なんで、見えないの……？』

『しっかりしろ、奏子！』

朔がそこにいる。奏子を抱き上げている。それは間違うはずもない程に確かである。

けれども、奏子は朔を見ることができない。そこにあるのは暗闇だけだ。

身体がとても痛む。それに、ひどく寒いと感じる。

息がどんどんできなくなっていって、身体はどんどん冷たくなる。朔が哀しそうに叫んでいるのに、返事をしたくてももう唇を動かすことすらできない。

泣かないでほしいのに、もうそれが何故かも、誰かも、何も分からなくなって
て……。

奏子は、心の中でぼんやりと呟いた。

私は、このまま死んじゃうのかな。

冷たくて、寒くて。誰かが呼んでいるけれど、とても遠くて。

私は、死ぬの？　もう一緒には、いられないの……？

『俺の尾を与える。それならば……』

『いけません、朔様……！』

それが、最期に切れ切れに聞こえたやり取りだった。

――そして、奏子の意識は完全に闇に溶けた。


気が付いたら、奏子は細い道を歩いていた。

何故そこを歩いているのか分からない。これが家への道なのは分かるけれど、どうしたらいいか分からない。

行きたい場所は、ここではない気がするのに。

今まで何をしていたのだろう。とても楽しかった気がする、幸せだった気がする。

でも、今は何も分からずに、奏子は独りだ。

戸惑う奏子は、眼差しの先にある道を歩き出せない。だって、大事なものを置いてきてしまった気がするから。戻りたくて後ろを振り向こうとした。

『真っ直ぐに進めばいい』

振り返りかけた奏子の耳に誰かの声が聞こえた。

それが誰なのか分からない。分からないことがひどく哀しく、もどかしい。

『大丈夫だ、この道の先に進めばいい』

誰かが肩に触れている気がした。道の先を指し示し導いてくれる誰かが。

その感触を確かめたくて振り向きたいのにできない。

奏子はそれがとてもつらかった。

何故かは分からないけれど、奏子の行きたい場所は道の先ではない気がした。

『お前のあるべき場所へ帰るんだ』

その声は微《かす》かに震えていて、泣くのを堪えてすらいるようで、奏子は振り返ろうとした。

しかし、その瞬間に感触が消えた。

今ここに誰かがいたはずなのに思い出せない。そこにはもう誰もいない。

とても大切だった気がする。とても大好きだった気がする。

けれども、思い出そうとしても何も出てこない。

少しして、奏子は歩き出した。声がそう言ったから。そうしなければいけないと思ったから。

やや歩くと建物が見えてきた。

奏子の姿に気付いた人が、とても驚いている。

何も言わずに歩きながら、何故だか奏子はとても泣きたかった。

けれど泣かなかった。だって、理由が分からなかったから。
でも、誰かが泣いている気がした。奏子のとても大切な誰かが。
——その日、眞宮家の令嬢が一年の時を経て『神隠し』から戻ってきた。

第十二章　十年の時を越えて

追憶を巡り、奏子の意識は現《うつつ》に戻ってきた。目の前には奏子を注視する三人の狐達。その眼差しを受けた奏子の頬には一筋の涙があった。

「あなたの、せいで」

ようやく絞り出した声は掠《かす》れていた。

続きを待つ沈黙の中、奏子は強い眼差しを初魄に据えながら、低い声音で続きを紡いだ。

「……あなたのせいで、私は死んだのね……」

朔とシノが息を呑んだ。

初魄は口の端を歪《ゆが》め、弾けるように笑い出した。

「ああ、その様子だと死んだことも、忘れていた過去も全部思い出したんだね」

不快な笑い声をあげる初魄を睨みながら、奏子は失われた時間が戻ってきたことを確信した。

奏子は確かにあの日一度死んだのだ。

今こうして命を保っているのは、恐らく朔が己の尾を奏子に与えてくれたから。苦痛と力を代償にしてでも、奏子に生きてくれと願ったから。

天狐にとって妖力が宿る尾を失うのは、どれ程大きなことであるか。

朔は奏子の記憶を封じて人の世に送り返した。

朔は人である奏子を、人の世から連れ出したことが全ての原因だと思ったのだろう。

朔は己を不具と称して恥じていた。

あの時、大切なものを守って失ったのであれば何故恥じることがあるのかと思ったが、朔が恥じていたのは過去の自分なのだ。奏子を恐ろしい目に遭わせ、挙句死なせてしまったことを悔いて、それ故に己を不具と称した。

歯がゆさと悔しさに唇を噛みしめていると、初魄が口を開いた。

「朔の鼻を明かしてやるのに少し遊んでやる、くらいに思ったけど。気が変わった」

退屈を嫌っては他者を狂わせてきた男が浮かべる愉しそうな笑いは、常に残酷さを帯びている。獲物を吟味する肉食獣の雰囲気を纏いながら初魄は話し続けた。

「思っていた以上にいい女に育ったから。……俺のものにしようかな。今までの玩具よりは長く遊べそうだ」

奏子は固い表情のまま、身をびくりと震わせる。

初魄は奏子を愛しているわけではない。ただ朔に対抗したいから。朔に意趣返ししてやりたい、ただそれだけ。

それだけのために奏子を弄《もてあそ》ぶと言うのだ、全ての元凶であったこの隻眼の狐は。

「……させると思うのか」

改めて初魄から奏子を遮るように立ちながら、朔は短く告げた。けれども、抑えた言の葉には煮えたぎるような怒りと憎しみが噴き出している。

そんな朔を見て初魄の顔に浮かんだのは嘲笑だった。

「なら、どうする心算《つもり》？」

挑発するような言葉の裏で空気が揺らめく。初魄を取り巻く空気が徐々に剣呑さを増す。

「俺を倒すとでも？　まあ、尾の欠けたお前でも、気狐の手を借りれば善戦できるだろうけどね」

初魄の尾は四、朔は三。尾の数が妖力を表すならば、朔は初魄に敵わない。

シノは味方としてこの場にいるけれども、立ち上がることすらできていない。先程までの全力の守りのせいで消耗しているのは、言葉にせずとも分かる。

朔は二人を守りながら、妖力において勝る相手と戦わなければならない。

それを分かっていて初魄は嗤うのだ。

「深芳野！」

「はい！」

視線を交わしたのは刹那。一瞬の後にはシノは奏子を抱えて走り出していた。庇うように朔は奏子達と初魄との間に立ちふさがる。

左程体格の違わぬどこにそのような力があるのかと思う程、シノは奏子を軽々と抱えあげている。相当消耗しているであろうに、それを感じさせない。

咄嗟のことで反応が追いつかず、シノの肩の上で遠ざかっていく二人を見つめていたが、我に返りシノに叫ぶ。

「シノ！　朔が！　朔を置いていけない！」

「あの男の狙いは奏子様です！　わたくし達がいることが朔様にとって枷《かせ》となってしまいます！」

確かにこのまま奏子がいれば、朔は奏子に意識を割きながら初魄と対峙しなければならない。ただでさえ力が上回る相手との戦いである以上、足を引っ張る重石《おもし》は軽い方がいい。それは分かっているのだ。

でも、それでも。

奏子が朔の後ろ姿を見つめながら手を必死に伸ばした時だった。

シノが唐突に足を止めたかと思うと、身体全体で後ろへ転がったのだ。

当然、奏子は投げ出され、衝撃で一瞬息ができない。

「奏子を逃がすなんて、もちろんさせるわけがないだろう？」

含み笑いを浮かべながら初魄は呟いた。その声には悪戯が成功した子供のような無邪気な悪意が籠っている。

何が起きたか分からない奏子を、一足先に体勢を立て直したシノが助け起こす。

奏子が前方を見ると、何もないはずの小道が一瞬揺らぐ。瞬きをして再び見つめる。それは錯覚ではなかった。

光を拡散する靄《もや》のようなものが周囲を覆っている。靄《もや》の中には時折、異界めいた光景が見えた。

シノが気付くのが一瞬でも遅ければ、もう一歩踏み出していたならば、シノも奏子もあの揺らぎの中に取り込まれていただろう。

「罠は俺の大得意。一度結界を解いたぐらいで油断されちゃ困る」

シノが現れる時に解いたという結界は、二重だったのだろうか。

一度解いたとて、次は中に潜り込んだ者を閉じ込める罠として発動するように仕掛けていたらしい。

初魄は奏子を森に連れこんだ時、少なくともシノが現れる可能性は考慮していたようだ。朔に関しては予想外だったとしても。

なくなった木立の先に続く道を、奏子は茫然と見つめ、シノは忌々し気に睨みつける。

朔は一つ息を吸うと初魄に向き直る。そしてシノに言葉を投げかけた。

「深芳野。すまないが、今暫く持ちこたえてくれ。……奏子を頼む」

「それがわたくしの役目でありますから」

シノは不敵な笑みでそれに応える。そして守るように奏子の前に膝をつく。

すると、朔は己の手に不可思議の刀を編みだす。初魄もまた、息を吸い込んで力を編み上げ、手の内に大太刀を生じさせる。

二人の男が相対する場には、触れたら切れるのではと錯覚する程の緊迫が満ちていた。

シノ越しにその場面を見つめる奏子は息を呑む。瞬きするのすら躊躇《ためら》われる気迫に、言葉を発することすらできない。

風を斬る音と共に、初魄は朔の首を落とさんと大太刀を振るう。朔の刀はそれを受け流し、そうかと思えば攻撃の隙を縫うように初魄の胴体を狙って薙《な》ぐ。

鍔迫《つばぜ》り合いの度に光の花弁――宙に透ける沈丁花が舞い、現《うつつ》ならざる梔子《くちなし》が散る。

初魄が立っていた場所の地面が鋭い剣の如く隆起すると、それを音もなく避けた初魄が放った烈風がそこにあるものを切り刻みながら朔に迫る。

それは朔の構える刀の先に生じた形なき障壁に遮られ、朔は動じることなく風の刃を踏み石として初魄の太刀を受け止める。

剣戟《けんげき》の鋭い音が響き渡り、軌跡が光として幾筋か刻まれ、刀と太刀は競り合い続けた。

舞、と奏子は思う。二人の狐が戦う様はまるで舞の如く美しくすらある。変幻自在な軌跡で襲いかかる初魄の攻撃を、朔は幽玄の動きで躱《かわ》しては次なる攻撃へ続ける。休むことなく攻守を違えて、憎悪と共に戦いの高揚を秘めながら朔と初魄は戦い続けている。

初魄が『剛』であるとすれば、朔は『柔』である。初魄がどれだけ仕掛けようと、朔はそれを受け流し、的確な一撃を繰り出す。

けれどもその苛烈さは少しずつ朔から余力を奪っていく。ぶつかり合う攻撃の余波はかなりのもので、シノが再び巡らせている守りがなければ奏子はなす術《すべ》もなく巻き込まれていただろう。

時折、攻撃が燐光の壁を揺らす。恐らく初魄はこちらも狙っている。

全力を振るえる初魄に対して、朔は奏子達の存在を意識しながら戦わなければならない。

歯がゆくて、自分の無力さが恨めしい。

またただ、と奏子は唇を噛みしめる。槿花の正体が露見した時、自分は朔に守られ、シノに労われ、安全な場所で無力さを呪うだけだった。

今も奏子の眼差しの先で、朔と初魄の戦いは続いている。

変幻自在に妖力を操り、愉しげな笑みを消すことなく熾烈極まる攻撃を続ける初魄。

それに対して朔は受け流しては返し、編み上げた術を重ねて相手を狙い続けている。

お互いがお互いに対して、決定的な一打を与えることができない状態が続く。

だが、奏子の目には徐々に朔の動きに陰りが生じてきたように見えた。

蓄積した負荷は決して少なくないはずだ。加えて、妖力の大きさは初魄の方が上なのである。

次第に防戦一方になったが、朔の表情は諦めを帯びることはなかった。

この男にだけは負けてなるものかという気迫と執念と、奏子を守るという決意が伝わってくる。

無限に続くのではと思われた、押しては押され、斬っては斬り返されの攻防が転機を迎えたのは、樹々の合間から差し込む茜が一際強い光を放った一瞬だった。

平素の状態の朔であれば物ともしなかった光に、疲弊しつつある朔は僅かに目を灼かれた。

それを初魄が見逃すはずがない。

斬撃を繰り出し、受け止めきれなかった朔が体勢を崩した隙に、初魄は地を蹴った。

瞬時に朔の後方へ回った初魄は、陽炎《かげろう》のような妖力の籠った太刀をシノの護りに叩きつけた。

甲高い音がして壁が消失すると、煌《きら》めく欠片が宙を漂う。

シノの身体がぐらりと傾いで、それを支えようとした奏子だったが、それはできなかった。

喉首に冷たい感触があった。不可思議の力で編まれた刀は鋼ではないはずなのに、鋼を押し付けられている感触がある。

事態を認識できた時には、初魄が片手で奏子の右腕を掴みながら、残る方の手にある太刀を奏子の首筋に当てていた。

少しでも身じろぎをすれば、柔い肌は裂けるだろう。背筋に冷たいものが伝った。

「定番の台詞《せりふ》で申し訳ないけど。動くな、かな？」

息を呑むことすら怖い奏子の眼差しの先、朔は視線で射殺せるのではという程の形相で初魄を睨み、シノは上体を起こしながら同じように初魄を見据えている。

二人は動けない、奏子が初魄に囚われているから。

「情けない様だな、朔。……下手に守るものを作ったせいで弱くなった」

二人の動きを牽制するために刃を奏子に突きつけたまま、初魄は侮蔑《ぶべつ》の言葉を放つ。

蔑む眼差しと、嘲笑《あざわら》う声音で挑発されても、朔は唇を噛みしめたまま耐えている。

爆発しそうな心をひたすら抑えている。

少しでもきっかけがあれば朔は衝動的に初魄に襲い掛かるだろう。そうなれば奏子はどうなるか。それ故に、握りしめた拳から血が滴り落ちる程に耐えている。

それが、奏子にも伝わってきた。

「あれ程持て囃されていた長《おさ》の弟殿が、人の子のために不具になって、この体たらく。天狐として情けないと思わないのか？」

初魄は相手が言い返せない、言い返したら暴発しかねない程臨界状態であることを知りつつ、朔を嘲笑する。

朔を貶《おとし》める初魄が許せない。

しかし、それ以上に朔を我慢せざるを得ない状況に追い込んでいる自分が許せない。許せなくて、辛くて、心が張り裂けそうだ。

この忌まわしい腕を払いのけたい。目に物を見せてやりたい。

できることはないのかと、強い想いが胸に満ちる。

身体の内が、いや魂の内が熱を帯びた気がした。そしてそれはどんどん外へ伝わり、腕を、指先に至るまでに拡がっていく。

奏子の身体が淡い光を帯び始めたことに、最初に気付いたのは朔だった。

愕然とした表情で奏子を見つめた朔。それを不審に思った初魄が捕えていた奏子を覗き込み、驚愕して手を僅かに緩めた瞬間。

「あなたなんかに、朔を悪く言う資格なんて、ない！」

朔と同じ満月色の瞳をした奏子の手から、衝撃が放たれた。それは拙《つたな》いながらも確かに狐の使う術の一つ。

朔がかつて術を使うのを、奏子は見ていた。記憶に残る朔の姿を浮かべながら、見様見真似で内に生じた力を編み上げて初魄へ打ち出したのである。

それは妖術に長《た》けた狐からみれば、破れかぶれで勢いだけのものだっただろう。しかし、初魄の不意を突くには十分だった。

さして威力のあった一撃ではなかっただろうが、初魄の身体は揺らぎ、咄嗟に奏子を突き飛ばして後ろへ跳び退る。

一瞬茫然とした狐達であったが、一番早く立ち直ったのは朔だった。初魄が立ち直る前に奏子に駆け寄り、力一杯抱きしめる。

シノがそれに続き、初魄が事態を飲み込んだ時には既に二人が奏子を取り戻した後だった。

初魄も、朔もシノも、揃って奏子を見つめていた。

奏子には耳も尾もないけれど、纏う気配は狐のあやかしと同じ物。そして今、奏子は狐が扱う不可思議の術を初魄に繰り出したのである。

「眷属《けんぞく》……？　どういうことだよ……」

表情を歪《ゆが》めて奏子を見据える初魄の疑念を帯びた口調が、その場に満ちかけた沈黙を払う。

茫然として理解が追い付かない奏子だったが、その言葉には聞き覚えがあった。

失われていた記憶の中で、朔が語ってくれた。

力ある狐達は、他者にいくらかの力と長い命を与え、自分に仕えさせることがある。

その者達を『眷属《けんぞく》』と呼ぶのだと。

「朔様、これは一体……」

「俺の尾、だろうな……」

シノの恐る恐るの問いに、朔は深く嘆息しながら応える。

奏子の裡に強く明るいものが目覚めたのだ。そしてそれは、朔に感じるものと同じ、温かいもの。

奏子は一度死に、朔の尾の一つを命の核として息を吹き返した。眠っていた尾の妖力が、奏子の強い願いを受けて目覚めたのだろうか。

詳細は分からない。

ただ、初魄の手から逃れられたこと、朔の腕の中に帰ってきたことだけが確かだった。広く温かで頼もしい腕に抱かれて、張り詰めていたものが解ける。

朔の身体には、いくつもの傷が刻まれている。

先程の立ち回りの最中、朔は数多《あまた》の傷を負っていたのだ。それでも苦痛の表情を見せずに、奏子を守ってくれた。

それを思えば、胸をつく想いを堪えきれずに奏子は朔に縋りつく。

初魄はそんな奏子の様子を見て、口の端を歪《ゆが》めた。

「ああ、奏子はやっぱり朔の方が大事なんだ？　朔に殺された佳香よりも朔の方が」

びくりと奏子の肩が動いた。佳香の名を聞いた瞬間、奏子の顔が強張ったのを見て初魄は愉快そうに続ける。

「もしかして、もう忘れたとか？　ああ、友情とは実に儚《はかな》い」

芝居のように大仰な仕草で揶揄《やゆ》する初魄を奏子は唇を噛みしめ睨みつけた。

忘れるはずがない。悪しき狐に利用されて哀しい最期を迎えた、一番大切な友を。

「可哀そうだと思わないのかな。奏子が恵まれ、我が世の春と輝かなければ。奏子がいなければ、幸せになれたかもしれない佳香を」

奏子の内心を読んだように、初魄は嘲笑を交えて悪意の棘《とげ》に満ちた言葉を紡ぎ続ける。

お前のせいだと。佳香が人ならざる者に堕《お》ちる程苦しみ悩んだのは、自分に利用されたからではなく、奏子がいたからだと。

奏子が幸せな道を歩いたから、奏子が佳香と同じようにならなかったから、悲劇は起きたのだと。

初魄はそう言いたいのだろう。けれど。

「……思わない」

絞り出すような、低い声で奏子は答えた。裡を熱いものが駆け巡る。火花が目の裏に散り、自分が爆発寸前の爆弾になったかのよう。

奏子は静かに告げる。

「私が佳香を可哀そうだって、悪かったって思えば、佳香は帰ってくるの？　佳香は救われるの？」

初魄を見る奏子の瞳には強い光が宿っていた。それは悔いであり、罪悪感であり、そしてそれを払う程の強い決意。

「自分がいなければ、幸せにならなければ、恵まれなければ。そうすれば他の誰かが幸せになれたなんて凄く傲慢」

自分がいたから彼女は幸せになれなかった。自分には彼女の人生を左右する程の力があったのだ。それは何と思い上がった、傲慢な考えであろうか。自分は他者より上にいるという思い上がりではないだろうか。

佳香の人生は佳香のものであって、奏子のものではない。佳香の人生における価値を決することは、奏子にはできない。

「私は佳香を友達だと思っている。対等な存在だと思っている。だから絶対可哀そうなんて思わない！」

可哀そうという思いは、相手を自分より下の存在だと見る考えの表れである。対等に思っていないからこそ可哀そうと哀れむ存在に貶《おとし》める。

奏子は佳香を友と思う。

対等の存在であると思っている。

だからこそ憎まれたことを、壮絶だった最期を悲しんでも、可哀そうとだけは思いたくない。

「佳香が私を憎んだとしても、全部受け止めてこの先を歩いていく」

佳香は奏子への憎しみを口にして、死んでいった。この考えこそ傲慢と思い、自分の死に対する負い目が足りぬと恨めしく思うかもしれない。

けれども、それを受け止めて奏子は歩んで見せると顔をあげて叫んだ。

「朔が佳香を殺したことが罪だっていうなら、私も同じものを背負って歩き続ける！」

朔が打たれたように奏子を見つめる。

奏子は朔の目を見つめて笑う。同じ満月色が交差して、奏子は朔の腕を握りしめた。

朔が佳香を殺したことで自らを責めていたことを知っている。奏子から友を奪ったと悔いていることも。

だが、それをさせたのは奏子だ。奏子を守るために、朔はその手を佳香の血で汚した。

朔が佳香を殺したことが罪であるというならば、それをさせた奏子も罪人だ。罪咎《つみとが》を抱えても朔と共に前を向いて歩きたい。

「あなたの思惑になんか、絶対乗ってやらない！」

初魄は朔を厭《いと》い、朔への意趣返しとして奏子を弄《もてあそ》ぼうとしていた。二人の間に楔《くさび》を穿《うが》ち、互いの手を取れぬように、決してもう共にあれないようにと画策していた。

だが、奏子はもう迷わない。

自分を愛し慈《いつく》しんでくれる優しい三尾の天狐の手を握りながら、初魄に告げる。

その満月色の瞳に陰りはない。

呆気にとられたように奏子を見ていた初魄だったが、弾かれたように笑い出した。

心の底から愉快そうに笑い、不敵な光が宿る黄玉を向ける。

「ああ、いいなその瞳。……ますます欲しくなった」

「あげるわけにはいかないけれどね」

初魄の愉悦交じりの言葉に答えて、その場にはいないはずの女性の声が響く。

一同が愕然とした瞬間、一帯を囲んでいた歪《ゆが》みが大きく揺らぎ、ほどけて宙に溶けていく。周囲の光景が元に戻った時、一人の美女の姿があった。

「望様！」

「望！」

シノと朔が唱和するようにその名を叫ぶ。

それは紛れもなく、狐の一族の統領姫。狐達の長《おさ》であり、千年を生きる麗しき天狐である望だった。平素は朗らかで明るい空気を纏う望が、今は長《おさ》の名に相応《ふさわ》しい厳格な表情と空気でそこに立っている。

望は一同に視線を巡らせると、初魄を真っ直ぐに見据えた。

「これ以上続ける、というなら私も黙ってはいないわよ？」

「統領姫、自らお出ましとは」

奏子が聞いたことのない厳しい望の声だった。

舌打ちしながら言う初魄は心の底から忌々しいと思っている様子だが、風向きが変わった、とすぐに気付いたようで、逆らうことはしない。

「天狐が二、気狐が一、おまけに目覚めたてとはいえ眷属《けんぞく》が一。……流石《さすが》に分が悪い」

両手をあげてわざとらしく降参の意を表す初魄。本心はどうあれ、その言葉は嘘ではない。人を弄《もてあそ》ぶからこそ、時局を読めなければ破滅するだけ。

「あのひとの手前、なるべく出ないで済ませたかったけれど……これ以上は狐の一族の長《おさ》として許すことはできないわ」

苦々しい声で、望は重々しく初魄に告げる。言外に『退け』と命じている。

奏子は初魄を断じてほしいと思っていた。けれどもそれが長《おさ》としての裁定であるならば、望にも事情があるというならば、異議を唱えることはできない。

それに今は初魄を罰するよりも、疲弊した朔とシノが心配でならない。

「はいはい。分かりましたよ。退けばいいんだろう？」

吐き捨てるように言うと、初魄は無防備に背を向けて歩き出す。

拍子抜けする程あっさりと諦めた初魄を、奏子は凝視する。何かまだ企んでいるのではないかと警戒して身構えたまま見据えるが、初魄はどんどん歩いていく。

その背を朔が険しい表情で見据えているのに気付いて、奏子は朔の手を握りしめた。

手に生じた感触に目を見開いた朔は奏子を見遣る。優しい苦笑いに、思わず奏子も同じような笑みを返した。

その時、離れたところで足を止めた初魄が肩越しに振り返る。

「ねえ奏子。今日のところはこのまま消えてあげるけど。……いつか絶対奪いにくるから、楽しみにしていて」

隻眼の天狐は不敵に微笑んだ。

「するわけない……！」

初魄は享楽的な笑みを浮かべて宣告する。そして、その姿が消えた。

顔を怒りに染めた奏子の叫びが、何もない空間を揺らして山林に響く。

はぐれ者の狐が去ってからも暫くは、誰も言葉を発することなく沈黙が流れた。

暫したってようやく初魄がいなくなったと確信し、朔が大きな息を吐き出した。それはとても深く、複雑な感情の籠ったものだった。

「奏子、大丈夫か？」

「私は平気。でも、朔が怪我を……」

「これぐらいは怪我には入らん。心配するな」

朔はまず奏子を覗き込んで問う。

自分の方が怪我をしているのにまず奏子の心配をする朔に、目頭を熱くさせつつ奏子は首を横に振る。

朔がどれだけ力の限り戦っていたのか。そして、今に至るまで朔がどれ程の想いをもって傍にいてくれたのか。

それを思うと、言の葉は形にならず、朔の服を握りしめることしかできない。

ふわりと頭に優しい感触を覚えた気がした。

見上げると、朔が優しく、そして少しだけ哀しげな表情を浮かべて奏子の頭を撫でている。

子供じゃないんだから、と思ってもその手を嫌とは決して思わない。

戻りたかった温かい場所にようやく戻ってきた。

そんなことを奏子が感じている中、朔は望を見て口を開いた。

「随分遅いお出ましだったな」

「これでも、全力で飛んできたのよ。どこにいたと思っているの」

いつもの朔の、余裕と皮肉を含んだ親しいものに向けられる声に、望が苦笑する。

この意地っ張り、と呟く声が聞こえた。しかし、その言葉にいつもの朔の調子があることに安堵した様子である。

どうやらシノは、朔に報せると同時に、望にも報せを飛ばしていたようだ。

かなりの遠方にいたらしい望は事態を聞きつけて、駆け付けてくれたのだという。

望は次いで奏子を見て、満月色に変わった瞳を見て少しだけ困ったような顔をしたけれど、すぐに無事で良かったと呟く。

そして一つ息を吐くと、シノを助け起こしながら二人へ告げる。

「深芳野は私が連れて帰るから、あなた達はまず話し合いなさい」

力が空っぽじゃないの、と苦笑しながらシノに肩を貸す望に、シノは畏れ多いと動揺しつつ、助け起こされていた。

心配そうに見遣る奏子と目が合い、シノは安心させるようにいつもの笑みを向けた。

「ようやく向き合える時が来たのよ？ ちゃんと二人で話しなさい」

優しい苦笑いを浮かべた望がそう告げた瞬間、ふわりと金木犀の香る温かな風が吹く。

風が梢《こずえ》を揺らし吹き抜けた後、望もシノも姿を消していた。

残ったのは、朔と奏子の二人だけ。

どちらも言葉はなく、二人の間には沈黙が落ちた。

言いたいことがないわけではない、むしろありすぎて何から口にすればいいのか。

「どうして、教えてくれなかったの」

「……それが奏子のためだと思ったからだ」

ようやく絞り出せた言葉はそれだった。

記憶を封じた本人から返ってくる言葉は予想できたけれど、言わずにはいられなかったのだ。

朔は奏子が人として生きて幸せになることを望んでいた。だから狐の郷《さと》で暮らした日々を封じて、人の世に返した。

奏子を思っての行動だったのだろう。朔とて辛かったのだと、彼の哀しげな表情を見れば察することができる。

「俺がお前をあやかしの世界に引きずり込んだから、お前は命を落とす羽目になった」

あの日、小さな奏子が命を落としたことを朔は悔い続けている。

奏子を大事に思えば思う程、愛しいと思えば思う程、自分が奏子の手をとらなければそんなことにはならなかったと。

初魄に目をつけられることもなく、命を失うという恐ろしい目に遭うこともなかった。全ては自分のせいだと続ける。

「真実を伝えれば、またあやかしの世に近くなる。……それに、今度はもう戻れないかもしれない。初魄以上に、性質の悪い狐がここにいるからな」

奏子の握りしめた手に力が籠る。

裡にどんどん形容しがたい感情が満ちていく。それは膨れ上がり、行き場をなくして暴れだしそうだった。

あの夜の、夫婦になるつもりはないという拒絶は、奏子を遠ざけるためではなく、朔が自分を戒《いまし》めるためのものだった。

もう一度手を取ってしまったならば。もう一度心から抱きしめてしまったら戻れない。手放してなどやれない。だから距離を置こうとした。大事に思うからこそ奏子をもう二度と人の世から離れさせまいとしたのだと、伝わってくる。

「人の世に戻り、人として生きていくべきだ。人として得られるはずだった幸せを奪う権利は、俺には——」

「私のしあわせを勝手に決めないで」

悲痛な声音を、低く重い声が遮った。

驚いて奏子を見た朔の瞳を、射るように激しい光を宿した眼差しが捉える。

泣きたい。大声で子供のように。そんな想いを堪えながら、気が付けば奏子は感情のままに叫んでいた。

「私は幸せだった！　朔と一緒にいた時間の方が、ずっと、ずっと！　幸せも、温かな想いも全部全部、あの時間にもらった！」

朔に出会わなければ、奏子は幸せを知らずにいただろう。伸ばした手を誰かが取ってくれることの喜びも、触れる温かさも知らずに。

笑みに笑みが返るのだということも知らずに、ただそこにある者として無為に生きていた気がする。

あの日、朔が触れてくれたからこそ、奏子は自分のかたちを知り、こころを知ったのだ。

紛れもなく朔は奏子の光だった。

それなのに朔がそれを否定する。それがあまりにも辛くて、切なくて、許せない――！

「忘れていたって知ったことが一番つらかった。大切な、大切な時間だったのに。生きてきた中で一番、幸せな時間だったのに」

朔が奏子を思ってくれているのは分かる。けれども、奏子の唇からは悔いと悲しみが零れた。

大切で幸せだったものを、なかったことにしていた。今の奏子を形作る根源を失っていた、その事実がとてもつらい。自分で自分を切り捨てていたようで、失った時間を愛しく思えば思う程溢れる想いで胸が苦しい。

もう二度と忘れたくない、手放したくない。

「私のことなのに勝手に決めないでよ！　……行きたいと願う先を選ぶのは私なんでしょう？」

朔は語りかけてくれたではないか、望む先を選ぶようにと。

それなのに、いたいと望む場所は選ばせずに、朔が決めようというのだ。

一番愛しいものが、この手に返ってきたのに。自分は戻りたい場所に戻ってきたのに。大切だったものを取り戻したのに。

二度と失ってたまるか、裡を占める確かな想い。

奏子は自分がどのような表情をしているのかは分からない。きっと、泣き出しそうな顔をしている。

朔が何か言いたそうにしているのを感じ、奏子はゆっくりと口を開いた。

「……十年経った」

「……は……？」

朔が間の抜けた声をあげた。

何を言われたのか理解できていない朔に、奏子は畳みかけるように続けた。

「十年経った！　十年経って、気持ちが変わらないなら嫁にしてやるって、朔はあの時言ったでしょう！」

「確かに、言ったが……」

あまりの剣幕に気圧されたように、朔が弱々しい声で答える。

もう止められない。幼い頃の大らかな日々の象徴とも言える相手を前にして、被る猫は行方不明、慎みも何もあったものではない。

もう止まらない。止まるつもりもない。

「変わらないから、お嫁さんにして！」

溢れだした記憶が伴う想いは、叫びとなって出てきた。

思い出した過去、封じられたまま過ごした時間が育んだ想い、それらが綯交《ないま》ぜとなって結実した言葉だった。

縋りつく手に力を込めながら、奏子は泣くのを堪えながらさらに言葉を紡いでいく。

「私の気持ちはあの時と一緒。女からこういうことをいうのは、はしたないって言われても構わない！　私は朔が好き！」

自由恋愛がふしだらなんて知ったことか。ましてや女性が好意を口にするなんて、と顔を顰《しか》められようと構わない。

愛しさが、封じられていた分だけ尚更勢いづいている。もう抑えきれない。

数多《あまた》の恋心に生きる主人公達を綴《つづ》ってきた。

そして、今、主人公なのは奏子だ。奏子がどうしたいのか、筆で綴《つづ》るのではなく、言葉を紡ぐ時だ。

美しくなくていい。雅でなくてもいい。奏子の素直な気持ちを隠さず、取り繕わず告げる時なのだ。

「忘れていても、私は朔を好きになった。仮初《かりそめ》の夫婦だって分かっていても、本当だったらって、いつも思っていて」

朔の瞳の中に、奏子は自分を見出した。

かつて共にあった日々、いつもそうしていた。今は、それよりも大きくなった自分がそこにいる。情緒も何もあったものではないし、まるで何かをねだって泣く子供のようだと思う。

けれど、伝えたい言葉はもう止められない。

「昔も、今も！　私は朔のお嫁さんになりたい！」

ただ一つの揺るぎない願いを、万感の思いを込めて奏子は叫んだ。

朔は茫然とした様子で、完全に言葉を失っている。どうしていいのか分からない、何を返していいのか分からない、といった表情で固まっている。

そして。

「全く。奏子には敵わないな」

不意に力強く抱きしめられたかと思えば、耳に降りてきたのは、少しばかり困ったようで温かな朔の言葉だった。

薫る沈丁花が懐かしくて心地良い。

懐かしい温もりを感じて、ようやく自分のいる状況を理解すると、頬は瞬く間に紅潮し、耳まで赤くなってしまう。鼓動が一気に忙しくなる。

思わず目を閉じて、されるがままに身をゆだねた。そして、頬を静かにすり寄せる。

何もかも愛おしい。

抱きしめる腕が少し緩んだのを感じて見上げると、優しい朔の笑顔があった。その瞳には甘やかで、優しい光が宿っている。

「夫婦になるつもりはない、は撤回する」

それは、かつて朔が言った言葉だった。

奏子と本当の夫婦になるつもりはないと告げられた、あの日。突き離されたと感じたあの言葉を朔は撤回するという。つまりそれは。

「本当の夫婦になる。違うな、そうじゃない」

宣言するように告げた後、考え込むように呟く。

何を言いたいのだろうと、問うように見上げる奏子を見つめて、朔は熱の籠った眼差しと共に告げた。

「俺と結婚してくれるか……？」

問いかける言葉は命令でも決定でもなく、希《こいねが》うもの。奏子の意思を尊重して問いかけるもの。

それが嬉しくて、奏子は心からの笑みを浮かべながら、嬉し涙が伝う。

息がつまる程胸を満たす幸せで言葉を紡げないけれど、何度も何度も頷き、朔の胸に頬を寄せてしがみつく。

そんな奏子を再び強く抱きしめながら、朔は言う。

「全力で愛するから覚悟しておけよ？」

抱きしめられたまま頷き続ける奏子。

ようやく戻ってきた大切な場所で、未来を誓う喜びと、取り戻した大切なひととの温かさを感じる。

気の利いた言葉も紡げず、淑《しと》やかな自分も何もかもかなぐり捨てて、奏子はただ、しあわせだ、と呟いた。

終章　本物夫婦の日常

初魄の騒動から一か月程が経過した。

あの後、望が追手を向かわせたものの、初魄の影も形も捉えることができなかったという。神出鬼没であり、気まぐれに所在を明らかにすることはあるが、その足取りを掴むのは元々困難であるらしい。

また、望の表情で事情があるのを感じたが、それを口にすることはしなかった。

奏子達の周囲には暫く厳重な守りが敷かれ、些《いささ》か気忙《きぜわ》しいまま日々は過ぎた。

初魄があっさりと退いて見せたのには裏があるのでは、と疑心暗鬼になりもした。思惑があるのか、はたまたただの惑わしだったのか。

警戒し続ける必要はあるが、徐々に奏子の周囲は元の落ち着きを取り戻しつつあった。

朔が突然田舎に現れたことで付き従っていた人間も、周辺の民も驚愕していた。

顔を見られなくて落ち着かなかったので会いにきてしまった、と堂々と言ってのける朔に対して、皆は本当に仲がよろしいことと笑い、奏子は照れて俯いた。

いつも忙しくしているのだから少しのんびりしてくるといい、と奏子の父から電報が来て、二人は苦笑いを浮かべるしかなかった。

帰還までの間、昔日《せきじつ》のように森や水辺を二人で歩いた。

昔と同じであり、しかし違う二人の結びつき。それを意識すると、二人揃って照れたように笑ってしまった。

けれども、繋いだ手は決して離れることはない。

日常は戻りつつあっても、戻らぬこともある。

奏子は完全にその命の形を変えてしまったのだ。今の奏子は、もはや人ではない。

かつて命を繋いだ、朔の妖力に満ちた尾が活性化した以上、奏子は朔の眷属《けんぞく》となったのだ。

自身があやかしとなったと言われても実感はない。瞳は今や黒へ戻り、身体にも今までと変わったところは見られない。元のままの奏子なのである。

しかし、それは生命の核たる尾の力が、人であるように見せかけているだけだと説明された。

力をもつ者となった以上、使い方を知らねば悲劇の元となる。いずれ妖術の修練も必要になろうと言われた時、奏子の目は輝いた。

あやかしの、妖術の、修練！　自らそれを体験できるとは。これで次の新作のお題と舞台は決まった！

奏子は飛び上がって喜んだ。踊りかけたが、流石《さすが》に落ち着けと朔に止められた。

朔はそんな奏子を呆れたような、けれど優しい表情で見つめていた。いつもの奏子が戻ってきたな、と呟く朔はとても嬉しそうだった。

シノは今まで正体を隠していたことを奏子に詫びた。

何を詫びることがあるのかと言うと、シノは安堵したように微笑んだ。

そして、シノの兄である編集長もまた狐であったことを知らされた。確かに、妹であるシノがそうであったならば、兄も同様であるのは自然なことである。

そして、驚愕の事実が明かされた。

「兄が出版社を立ち上げることになったのは、望様のご命令でして……」

何とシノの兄の出版社は望の命で設立されたものであり、出資していたのは望であるというのだ。

道理で羽振りが良いはずだ。誰ぞ資産家の出資者でもいるのだろうかと思っていたが、奏子は唖然としてしまった。

シノは当時を思い出すように目を細める。

「お屋敷に所蔵されている物語は読み飽きてしまったということで……。揺れ動く当世の名作を発掘せよと……」

当時は色々と大変でした、とやや遠い目をしながら語るシノ。

望が物語に目がないとは知っていたが、まさかそのために出版社を立ち上げてしまうとは。天狐の統領姫の行動力とは、恐ろしいものである。

恐らく朔あたりは渋い顔をしたのだろうと思うが、敢えて口にはしなかった。

その出版社故に自分の作品は世に出て光を浴びた、それを思えば巡り巡って望は恩人と言えるし。

そこで、奏子はふと、あることに思い至った。自分の作品が出版されるに至ったのは、身内の贔屓《ひいき》ではなかったかと。シノや望が、自分が密かに物語を綴《つづ》ることを哀れに思って機会をくれたのではなかろうかと。

奏子の顔が曇ったのを見て何かを察したようで、シノは言った。

「いいえ、奥様。奥様の作品を拝見してこれは絶対にいける！　と判断したからわたくしは兄のもとに持ち込みいたしました！」

決して身内の贔屓《ひいき》目ではない、内容を認めてのことであるとシノは力説する。

奏子可愛さではなく、力量を認めてのことだと言われて嬉しかった。

シノはさらにそれに説得力を添える、とっておきの言葉を口にした。

「わたくしの物語を評する目は望様直々に鍛えて頂いたもの！　かなり肥えていると自負しております！」

——何とも言えない説得力である。

わたくしは『絵草紙の集い』の纏め役でもありますから、と言われ、首を傾げてしまう。それはなんぞや、と。

何でも望の屋敷の奥女中達の間には『絵草紙の集い』なるものがあり、望が集めた様々な物語を堪能する集まりであるらしい。最近ではシノがその吟味役であり、彼女が選ぶ物語は望にも皆にも大層評判であるとか。

色々と思うところのある屋敷の男衆も、女衆の勢いに物申すことはできず見守るばかりらしい。

その集いの中心に統領姫がいる以上、触らぬ神には何とやらである。

なお、集いの女達の最近の主流は『あやかし戀草紙』であるらしい。

皆、槿花先生の熱心な信奉者なのです、今度お屋敷に遊びにいらした際にはお話を聞かせてやってほしい、などと言われどういう顔をして良いやら。

ただ、どんな物語が集められているのかは気になる。望とシノのお眼鏡に適ったという珠玉の物語は奏子も見てみたい。

私もその集いには興味があると言うと、シノは無言で奏子の手を固く握ったのである。

鄙の地から帰宅して以来、朔は奏子に前にも増して優しく接するようになった。

しばし離れてみて改めて奏子を大事に思ったのだろう、と皆はその様子を微笑ましく見守る。

父に至っては、そろそろ孫の顔を拝めるだろうと満足そうだった。

そう、朔はとても奏子に優しくなった。いや、元々優しかったけれど。

己を戒《いまし》めていたものが、隠されなくなっただけである。それは嬉しいのだが……

離れの居間で、奏子と朔は寛いで過ごしていた。

目の前には頂き物の西洋の焼き菓子があり、それはとても美味しい。シノがそれに合わせて淹れてくれた西洋の茶もまた香り高く素晴らしい。

少し開いた窓からは鳥の囀《さえず》りと共に、心地良い風が吹き抜ける。

言うことのない満ち足りた空間である。しかし。

「あの、朔さん？」

「どうした、妙な呼び方をして」

控えめに伺いを立てる奏子を、朔が不思議そうに見遣る。

奏子の声は震えている。

怯えているわけではない、ただ恥ずかしいだけなのだ、この状況が。

「これは、どういうことでしょうか……」

奏子は現在、朔の膝の上にいる。

朔の膝の上に横座りさせられている。

つまり、人形のように抱きかかえられて、膝に乗せられている。

せめてもの抵抗で距離をと思っても、肩を抱く手が離してくれない。頬を胸に寄せていると、朔の鼓動の音が聞こえてくる。

朔の夢幻的な美貌があまりにも近い。大分慣れたものの、この距離で見ると胸は不思議な高鳴りに忙しい。

「今まで触れるのもできる限り我慢していた。だからその分を取り戻している」

朔は手の力を決して緩めることをせず、当然のように言い放つ。

取り戻される方の心の平穏を考えてほしい！　と裡にて絶叫する奏子だったが、多分言っても聞かない気がする。帰還して以来、何かにつけて朔はこの通りなのである。

「言っただろう？　全力で愛するからな、と」

「い、言ったけど……」

言い切る朔に対して、奏子の声は弱々しい。

朔は、人前でも構うことなく甘やかす溺愛状態だった。ことあるごとに奏子を愛でるし、抱き寄せるし、褒めたたえるし、愛を囁くし。

せめて人前では、と言ってみたものの結果は芳《かんば》しくない。周囲は余りの仲睦まじさにあてられてしまう、と囁き合い、それは既に屋敷の外まで伝わっているとか。

心臓がもたない、流石《さすが》に夫婦といえども弁《わきま》えるべきところは、と奏子が言っても全く知らん顔である。

奏子が真っ赤になってあたふたしているのを、涼しい顔で見つめているのだ。

「だからって、こんなふしだらな……」

「夫婦の間に、ふしだらも何もないだろう」

しかもこれぐらいで、と朔はこともなげに言う。これぐらい、じゃないと抗議してはみるけれど、朔が聞き入れる様子はない。

無言のまま菓子を長い指でつまんで、ごく自然に奏子の口元に持ってくる。開けと言わんばかりの圧に奏子が唇を開けたら、すかさず菓子を口の中へ。

唇に触れる指の感触に、奏子は耳まで赤くなり、胸の鼓動は連打の領域で苦しい程だ。

指先に欠片が……と思って見ていると、やはりごく自然な様子で指先を舐めとる朔。

その仕草の、向けられる流し目の、何と艶っぽいことか。それもこの至近距離、守りを固めるなど無理である。

美味しいはずの菓子の味も全く分からない。もう勘弁してくれ、奏子は心の裡《うち》で叫んでいた。

耳まで赤くして俯いてしまった奏子を見て、朔は一つ息をつく。

「昔は乗せなくても膝に乗ろうとしたし、床にもよく潜り込んできただろうが」

「七つの時の話でしょう⁉」

確かに話をせがんでは朔の膝に自分から乗っていったし、風雨で眠れないといっては朔の床に潜り込んだ覚えはある。

しかしそれは男女の色恋などとは遠い子供の行いである。

世には男女七つにしての教え、あの頃はそのような教えや躾に関しても放っておかれていて、大らかだった。

今の扱いも見様によっては子供に対する扱いに見えないこともないけれども、それはありえない。所作のそこかしこが孕《はら》む色気が、情が、それは違うと告げている。

触れる温もりが、交わす眼差しが、甘く奏子をとろけさせる。

朔の艶《あで》やかさにあてられて、頭がぼうっとしてきた。このままではいけない、と呟き何とか我を保とうとする。

そうだ、シノが控えていたはずだと、思い出す。

その途端、シノの目が気になって仕方ない。さりげなくそちらに視線をやると……

（いない⁉）

物音一つ立てずに、シノは居間から姿を消していた。流石《さすが》、天狐の統領姫の腹心というべきか。

変なところで気を利かせすぎだ、と奏子は呻《うめ》く。むしろ消えずに朔を諫《いさ》めてほしかった。これは己で何とかしなければなし崩しになる流れである、と奏子は心を決めた。

「ええと、そろそろ離して?」

「嫌だ」

正面から正々堂々と……と決意して願ってみたものの、朔の返答はにべもない。

あまりに迷いも躊躇《ためら》いも考慮の余地もない返答に一瞬心が折れそうになるものの、ここで挫《くじ》けてはいけないと己を奮い立たせる。

「原稿に取りかかりたいな、と」

「締め切りには大分余裕があったはずだな」

じゃあ少しばかり回り道を……と、執筆を言い訳にすれば退いてくれるかと思ったが、奏子の原稿の進捗や予定を把握している朔に死角はない。

これでは駄目だ、搦《から》め手は利かない。

ここは道理を説くしかない、と奏子は朔を見据えた。

「さ、さすがに昼の日中からこのような真似は……」

「成程」

ようやく朔から違う反応を引き出せたと一瞬安堵する奏子。

ほっとして肩の力を抜いた。良かったと気分が明るくなりかけたものの、すぐさま逆戻りすることになる。

「なら、夜まで待つとする」

「そういうことじゃないの！」

導き出された結論が斜め上の方向で、思わず奏子は絶叫する。

問題はそこではない。それに、夜になったら良いと言う訳でもない……いや、多少はいいかもしれない、否そうじゃない。

怒りの表情を浮かべたまま、巡り迷走する思考に目を白黒させる奏子を見て、朔がふと笑みを零す。

どうしたのだろうと思い見つめると、朔は眩しい程に麗しい微笑を浮かべた。

「いや、美しいな、と思っただけだ」

「いきなりどうしたの⁉」

さらりと紡がれた賛美の言葉に、奏子の口からは更なる悲鳴があがる。

朔は悪いものを食べたのではなかろうか。あるいは妖しい術にかかっているのではないだろうか。

……と懸念することが増えて、もうどれ程経っただろうか。

いい加減もう諦めるべきだろうか、と慣れてきたような気もするが、まだまだである。朔は奏子が身構えてない時を狙うかのように爆弾を落としてくる。

その度にくるくると変わる奏子の表情を愛しげに見つめる朔は、恐ろしいことに全く意図せずにそうしているらしい。

ほんとうに恐ろしい、と奏子は震える。

「深芳野から報告は聞いていたが、こんなに美しくなっていたのかと驚いたものだ」

「そういう、お世辞は」

やめてほしい、と言いたかったが俯いてしまう。分かっていても胸が騒《ざわ》めきすぎて苦しいのだから。

もはや奏子の顔は紅に染まったまま、元の白磁はどこへやらである。

呻《うめ》くように黙り込んでしまった奏子から視線を外すことなく、朔は奏子の手を取ると押し頂くようにして指先に唇を添わせる。

「世辞なものか。真実だろう」

だから、そういうことを、という抗議はもう声にすらならない。

朔の表情にも瞳にも揶揄《からか》いの色はない。つまり朔は本当に、本心からそう告げているのだ。むしろ、揶揄《からか》われるよりそちらの方が恐ろしい。

朔は固まってしまった奏子に構うことなく、過ぎた時に思いを巡らせるように宙を見据え呟く。

「夜会でも、正直気が気ではなかった」

あの西洋館での夜会のことだろうか、と奏子が疑問を浮かべると、それを読んだかのように朔は頷く。

欧化のためのあの夜会において、朔と奏子は再会した。

直接言葉を交わすことはないけれど、奏子は朔と時折視線が交わることがあった。不思議な懐かしさに密かに心ときめかせたあの刹那は、気のせいではなかったらしい。

奏子は朔を見つめていた、朔もまた奏子を見ていた。

それぞれに秘めた想いは違うけれど、二人は繋がっていたのだ。

「お前は自分の魅力に無頓着すぎる。あれだけ男の目を惹きつけていたのに」

夜会において奏子は比較的年少の参加者であった。

父の側にいるだけだし、左程声をかけられることもなかった。時折、年若い参加者に目を細めた老年のお偉方から、踊りの誘いがあるぐらいだった。言う程注目されていた覚えもないし言いすぎでは、と奏子が口を開こうとした時だった。

「実際、俺はお前に色目を使う男達を、残らず食い殺してやると苛立っていたからな」

（今、聞いてはいけないことを聞いた気がする……）

ああ、もしかして、と奏子は心の中で呟いた。

声をかけられることが少なかったのは、奏子が年若いからではなく、保護者と共にいたからでもなく、朔が奏子に近づこうとするあらゆる男性に睨みを利かせていたからではないか。

殿方達は殺意すら感じる牽制に怯えて近づかなかったのではないか。

いや、それは疑惑ではない。ほぼ確信と言っていい。

先だっての騒ぎ以降、朔はかなり独占欲が強く、嫉妬深いことが発覚したのだ。それについては、気付いていなかったのは奏子だけだとシノが言っていたのだが。

本当は奏子に近づく男を全て消して、自分しか知らない場所に隠して存分に溺愛したい、と吹っ切れたせいで思うところを全く隠さなくなってしまった。

奏子が時折下男であったり、来客であったり、男性と接する時に朔が剣呑な何かを隠しているのを感じることがある。

自分の行い一つで本当に被害が出そうな気がして、背筋が冷たくなったのは一度や二度ではない。

「おとなげない……」

「なくて結構」

ようやく絞り出した奏子の言葉に、鼻を鳴らす朔。

千年を生きる天狐であるはずなのに、我儘で子供のようではないか。それなのに、朔は悪びれたところはない。むしろ悪いか、と胸を張っている。形容しがたい表情のまま言葉を失ってしまった奏子を覗き込んで、朔は囁く。

「奏子は、こんな俺が嫌いか？」

「嫌いじゃない……」

ずるい、と思う。そんな甘くて切ない声音で問われたら、憂いすら感じる真摯な光を瞳に宿して見つめられたなら。

冗談であっても嫌いなんて言えるわけがない。嘘でも、朔を嫌いなんて言いたくない。だって……

奏子が伸ばした手を朔がとる。触れた指に指を絡めて見つめる朔の瞳には、かつてその言葉を紡いだ時より大きな自分が映っている。

朔の唇に吸い取られる前に、奏子は愛しさを込めてそっと紡いだ。

「大好き……」

巡り巡って辿り着いた場所。

離れて再び出会って取り戻した愛しいひと。

この手を、この温かさを。もう決して離したくないと願いながら、奏子は静かに目を伏せた。

どうしてこうなった、と心に呟いたその響きは、あまりに幸せに満ち満ちたものだった。

美しくあれと願いながら、情熱の赴くままに数多《あまた》の恋物語を紡ぎ続けた。

切ない物語の中に、色めいた言葉のやり取りを綴《つづ》ったことはあった。しかし、実際に言われる側となったら、気の利いた返事どころか声を発することすらできない。

幸せな物語の中に、甘やかな仕草を交わす恋人同士の描写を綴《つづ》ったことはあった。けれど、実際に体験すると斯様《かよう》に心騒《ざわ》めくものなのか、と呻《うめ》いてしまう。

もたない、色々な意味で心臓がもたない。

朔がもたらす胸の高鳴りは、もうこれは物語に使える！　なんて思う余裕などない。

恋しい心とは、ここまでままならないものであったのか。

事実は小説よりも何とやら。

学んだ知識も身につけた教養も得てきた数多《あまた》の言の葉も。作り上げた数え切れぬ着想も、今はただ現実に翻弄されるばかり。

けれども、いつの日か、この高鳴りも綴《つづ》って見せましょう。

愛しいひとが隣にいてくれるなら、いつの日かそれは叶うでしょう。

私を突き動かす情熱を綴《つづ》った恋物語。

それが私の、ただ一つのあやかし戀草紙――

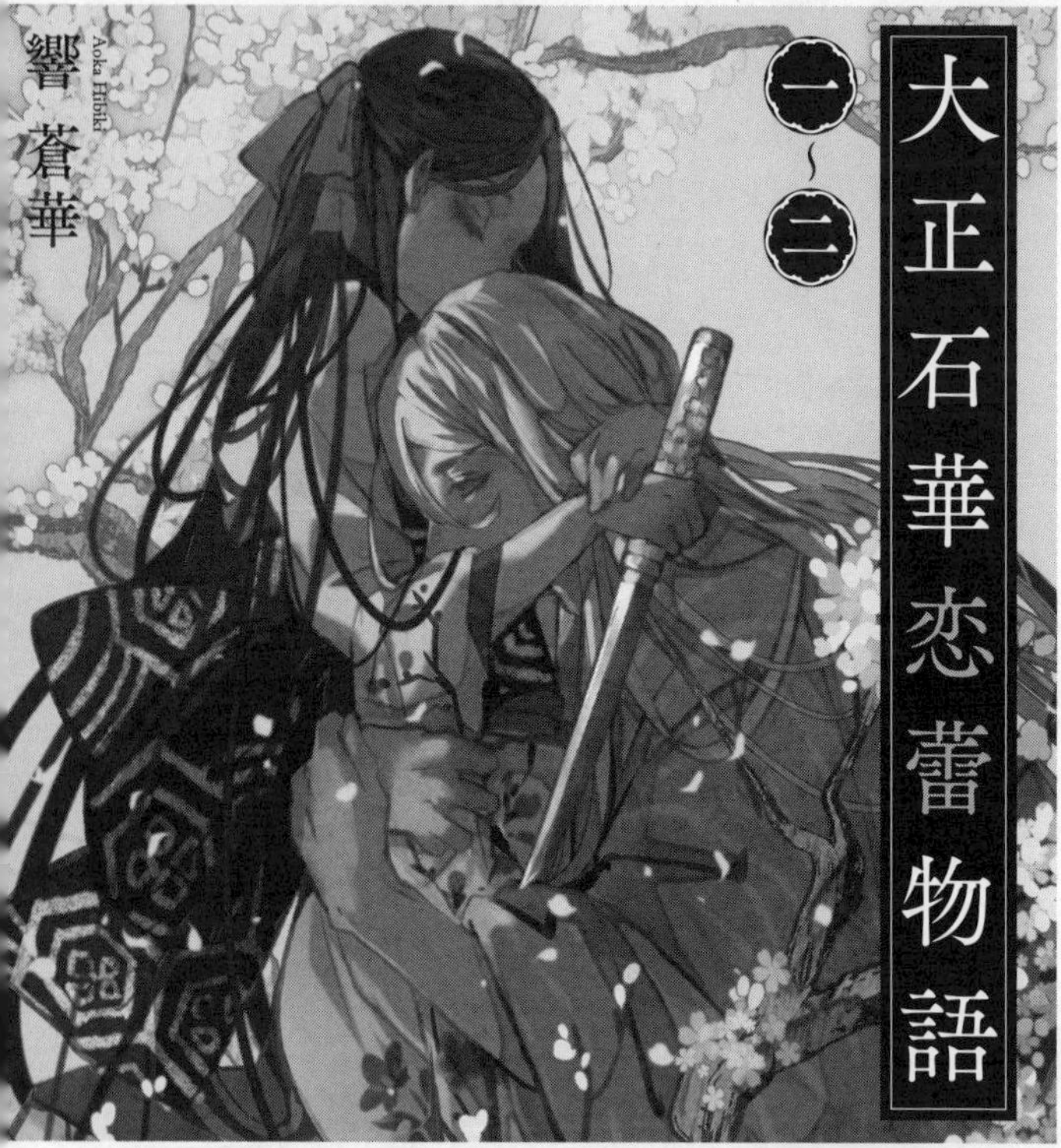

お前は俺の運命の花嫁

時は大正、処は日の本。周囲の人々に災いを呼ぶという噂から『不幸の菫子様』と呼ばれ、家族から虐げられて育った名門伯爵家の長女・菫子《とうこ》。ようやく縁組が定まろうとしていたその矢先、彼女は命の危機にさらされてしまう。そんな彼女を救ったのは、あやしく人間離れした美貌を持つ男――神久月氷桜《かぐつきひおう》だった。

「お前は、俺のものになると了承した。……故に迎えに来た」

どこか懐かしい氷桜の深い愛に戸惑いながらも、菫子は少しずつ心を通わせていき……

これは、幸せを願い続けた孤独な少女が愛を知るまでの物語。

各定価:726円（10%税込み）

Illustration七原しえ

秦　朱音
Akane Hata

花鈿の後宮妃

皇帝を守るため、お毒見係になりました

訳あり皇帝の運命は
私が変えてみせる！

毒を浄化することができる不思議な花鈿を持つ黄明凛は、ひょんなことから皇帝・青永翔に花鈿の力を知られてしまい、寵妃を装ってお毒見係を務めることに。実は明凛は転生者で、ここが中華風ファンタジー小説の世界だということを知っていた。小説の中で明凛の"推し"である皇帝夫妻は、主人公の皇太后に殺されてしまう。「彼らの幸せは私が守る！」そう決意し、入内したのだが……。いつまでたっても皇后は現れず、永翔はただのお毒見係である明凛を本当に寵愛!? しかも、永翔を失脚させたい皇太后の罠が二人を追いつめ――?

転生妃と訳あり皇帝が心を通じ合わせる後宮物語、ここに開幕！

秦　朱音

花鈿の後宮妃
皇帝を守るため、お毒見係になりました

訳あり皇帝の運命は
私が変えてみせる！

寵妃を演じるお毒見係が殺されるはずの皇帝を救う!?
契約婚から始まる後宮ファンタジー

定価：770円（10%税込）　ISBN978-4-434-33896-0　　　　　　　イラスト：猫林

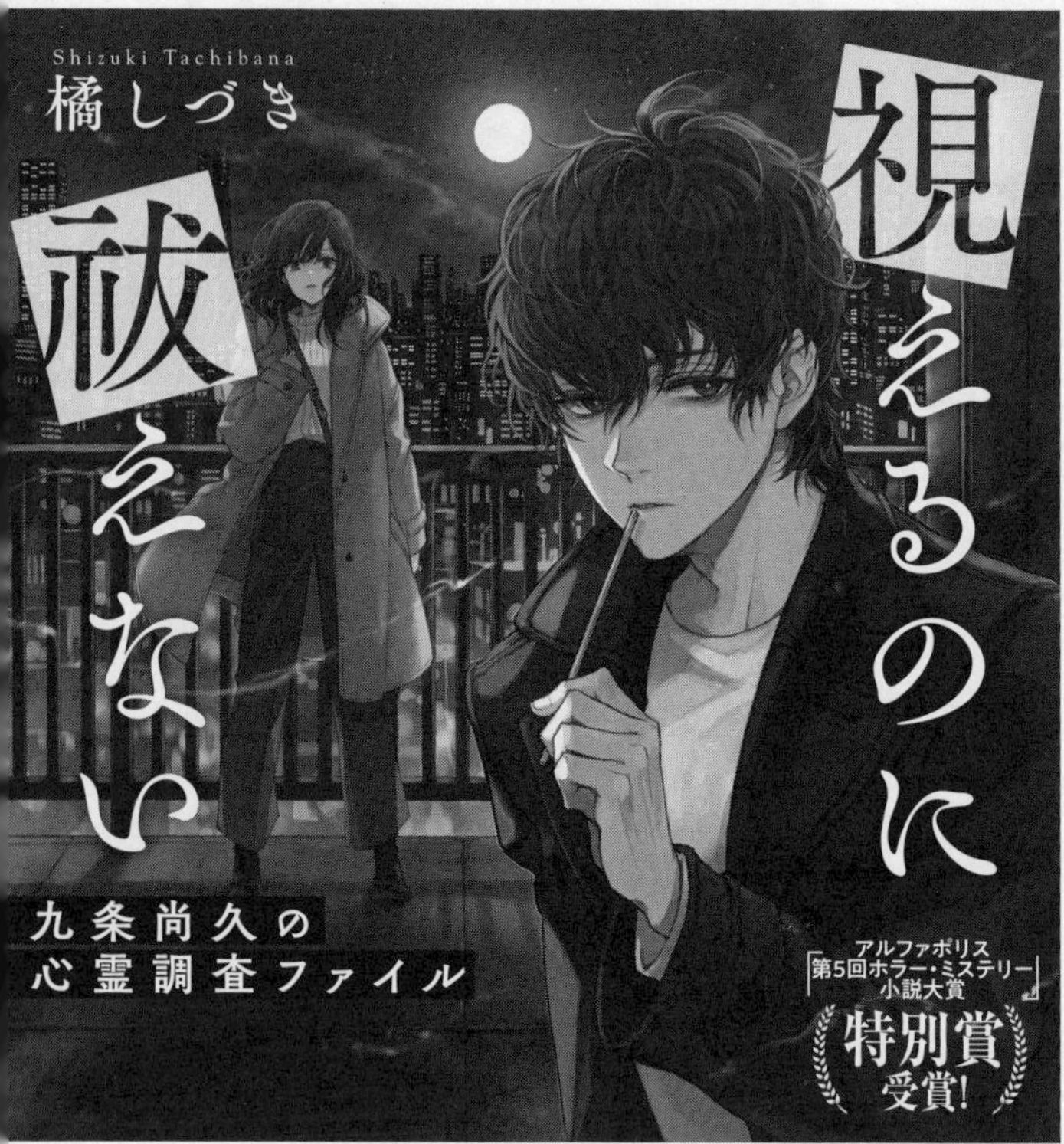

「見えざるもの』が引き起こす怪奇現象を調査せよ!

「捨てるなら、私にくれませんか」

母親の死、恋人の裏切り——絶望に打ちひしがれた黒島光は、死に場所として選んだ廃墟ビルで、美しい男に声を掛けられた。九条と名乗るその男は、命を捨てるくらいなら、自身の能力を活かして心霊調査事務所で働いてみないかと提案してくる。しかも彼は、霊の姿が視える光と同様に『見えざるもの』を感じ取れるらしく、それらの声を聞いて会話もできるとのこと。初めて出会った同じ能力を持つ彼が気になり、光はしばらく共に働くことを決めるが……

定価:770円(10%税込)　ISBN978-4-434-33897-7

イラスト:萩谷 薫

当麻月菜
Luna Touma

私と継母の極めて平凡な日常

まま はは

Watashi to
Mamahaha no
Kiwamete
Heibon na
Nichijou

アルファポリス
「第5回ライト文芸大賞」
**家族愛賞
受賞**

本当の家族じゃなくても、
一緒にいたい──

高校二年生の由依は、幼い頃に両親が離婚し、父親と一緒に暮らしている。だけど家庭を顧みない父親はいつも自分勝手で、ある日突然再婚すると言い出した。そのお相手は、三十二歳のキャリアウーマン・琴子。うまくやっていけるか心配した由依だったけれど、琴子は良い人で、程よい距離感で過ごせそう──と思っていたら、なんと再婚三か月で父親が失踪！ そうして由依と琴子、血の繋がらない二人の生活が始まって……。大人の事情に振り回されながらも、たくましく生きる由依。彼女が選ぶ新しい家族のかたちとは──？

当麻月菜

私と継母の極めて平凡な日常

友達以上、家族未満。

結婚三か月で大きな秘密を抱える継母と暮らす羽目になっていかれる高校生活。本当の家族じゃなくても、一緒にいたい──

定価：726円（10%税込）　ISBN978-4-434-33746-8

イラスト：細居美恵子

この作品に対する皆様のご意見・ご感想をお待ちしております。

おハガキ・お手紙は以下の宛先にお送りください。

【宛先】

〒150-6019 東京都渋谷区恵比寿 4-20-3 恵比寿ｶﾞｰﾃﾞﾝﾌﾟﾚｲｽﾀﾜｰ 19F
（株）アルファポリス　書籍感想係

メールフォームでのご意見・ご感想は右のＱＲコードから、
あるいは以下のワードで検索をかけてください。

アルファポリス　書籍の感想　検索

ご感想はこちらから

アルファポリス文庫

明治《めいじ》あやかし夫婦《ふうふ》の政略結婚《せいりゃくけっこん》

響 蒼華（ひびき あおか）

2024年５月31日初版発行

編　集－境田 陽・森 順子
編集長－倉持真理
発行者－梶本雄介
発行所－株式会社アルファポリス
〒150-6019 東京都渋谷区恵比寿4-20-3 恵比寿ｶﾞｰﾃﾞﾝﾌﾟﾚｲｽﾀﾜｰ19F
TEL 03-6277-1601（営業）　03-6277-1602（編集）
URL https://www.alphapolis.co.jp/
発売元－株式会社星雲社（共同出版社・流通責任出版社）
〒112-0005 東京都文京区水道1-3-30
TEL 03-3868-3275
装丁イラスト－もんだば
装丁デザイン－西村弘美
印刷－中央精版印刷株式会社

価格はカバーに表示されてあります。

落丁乱丁の場合はアルファポリスまでご連絡ください。

送料は小社負担でお取り替えします。


ISBN978-4-434-33895-3 C0193